Zoe und Dylan

-

Triumph

Ruby Bley

Zoe und Dylan

–

Triumph

*Bibliografische Information der Deutschen Nationalbibli-
othek:*
*Die Deutsche Nationalbibliothek verzeichnet diese Publi-
kation in der Deutschen Nationalbibliografie; detaillierte
bibliografische Daten sind im Internet über*
http://dnb.dnb.de abrufbar.

Originalcopyright © Ruby Bley 2019
Umschlagsgestaltung: Ruby Bley
Umschlagsillustration: Ruby Bley
1. Auflage 2020

www.facebook.com/RubyBley/
www.instagram.com/rubybley
https://rubybley.jimdofree.com/
ruby.bley@gmx.de

Herstellung und Verlag: BoD – Books on Demand, Nor-
derstedt

ISBN: 978-3-7526-4173-8

An dieser Stelle möchte ich mich bei euch allen bedanken. Bei euch, meinen Lesern, denn ich schreibe aus Leidenschaft und erfreue mich daran, jeden einzelnen mit in meine kleine Fantasiewelt nehmen zu dürfen.

Auch bei meinen Verwandten und Freunden. Ihr steht mir immer zur Seite und ermutigt mich, mit dem Schreiben fortzufahren, wenn es schwierig ist.

Kapitel 1

Kraftlos schleppe ich mich zu meinem Bett. Normalerweise freue ich mich darauf, dieses wohlig, weiche Gefühl unter mir zu spüren, doch mein Körper fühlt sich gerade taub an und ich empfinde dabei überhaupt nichts. Heute will ich nur noch eins, mich wie ein angeschossenes Tier verkriechen.

Vor wenigen Minuten habe ich dem Mann, welchen ich doch so sehr liebe und mir selbst, eiskalt die Herzen heraus gerissen. Und warum? Wegen einer anderen Frau, seiner Ex. Ich glaube Melania darf mir nie wieder im Leben unter die Augen treten. Wenn doch, dann gnade ihr Gott. Die gesamte Wohnung fühlt sich kalt und leer an. Es ist nicht dieses tolle Gefühl, welches ich zu Beginn verspürte, als ich froh war endlich ein wenig Ruhe zu haben. Jegliche Kraft ist aus meinem Leib gewichen und ich kann einfach nur regungslos da liegen und in die Dunkelheit starren.

Morgen haben wir zum Glück Samstag und ich muss nicht in die Agentur. Ich glaube, ich würde es nicht schaffen mich dort hin zu bewegen. Dafür sitzt der Schmerz einfach viel zu tief in meinem Inneren. Wie gerne würde ich mein Leid einfach nur herausweinen, doch ich habe keine Tränen mehr übrig. Sie sind versiegt, wie ein ausgetrockneter Fluss. Die Nacht scheint wie im Flug vorüber zu gehen. Und das, obwohl ich nicht ein Auge zugetan habe. Durch mein Schlafzimmerfenster kann ich sehen, wie bereits die Sonne aufgeht.

Ans Aufstehen denke ich erst gar nicht. Heute werde ich einfach liegen bleiben. Ich habe weder Hunger noch Durst und seltsamer Weise muss ich auch nicht zur Toilette. Es scheint, als hätte ich gestern nicht nur zwei Herzen gebrochen, sondern auch noch meine Empfindungen, bis auf den Schmerz abgestellt. Mein Hirn ist ununterbrochen am Arbeiten und versucht mir klare Bilder zu zeigen, jedoch kann ich nicht sagen was es ist. So sehr ich es auch versuche, meine Konzentration hält nur wenige Bruchteile einer Sekunde. Die Szenen rauschen in einem enormen Tempo vorbei, so dass ich sie nicht greifen kann. Wenn mich jemand fragen würde, an was ich gerade denke, dann müsste ich sagen:

» Alles und Nichts. «

Schlapp drehe ich mich auf meinen Rücken und beobachte weiter, wie die Sonne am Himmel ihren Lauf nimmt. Hin und wieder höre ich das Piepsen meines Handys. Anscheinend schickt mir jemand sehr viele Nachrichten.

Allerdings habe ich keine Lust und auch nicht den Mut nachzusehen, worum es geht. Wenn es Dylan sein sollte wüsste ich nicht, wie ich reagieren würde. Mein Herz schreit ununterbrochen nach Hilfe und um Erbarmen. Es fleht mich an, dass ich hinüber gehe und das

Gesagte wieder rückgängig mache. Aber das kann ich nicht. Ich will ihn nicht zerstören.

Heute haben wir Sonntag und es ist bereits Silvester. Ich lag das gesamte Wochenende nur in meinem Bett und habe mir das Schauspiel von Tag und Nacht angesehen. Das war das Einzige zu dem ich mich aufraffen konnte. Bis auf wenige Male hatte ich keinen Anlass aufzustehen. Wenn ich nur daran denke, all die Leute da draußen werden heute Nacht in ein glückliches, neues Jahr feiern und ich? Was habe ich nur getan?

Ich quäle mich auf, um endlich mal einen Schluck Wasser zu trinken. Meine Kopfschmerzen sagen mir, dass ich bereits dehydriere und meine Kehle fühlt sich an, als wäre sie schon vor einiger Zeit vertrocknet. Träge schleppe ich mich zu meiner Couch und schalte den Fernseher an. Auf jedem Kanal scheinen Jahresrückblicke zu laufen. Wie banal mir das doch alles vorkommt. Viele schwere Schicksalsschläge werden gezeigt, doch ich kann einfach nicht ein Fünkchen Mitleid empfinden.

Die letzten Jahre habe ich gedacht, dass das, was Kalle mir angetan hat, das Schlimmste in meinem Leben wäre. Aber dieser Schmerz übertrifft alles bei Weitem. Kalle kann ich versuchen zu verdrängen. Doch wie soll ich nur je über dieses wundervolle Geschöpf von einem Mann und das Gefühl, welches er mir geschenkt hat, hinweg kommen. Ich mag diesen ganzen Mist im Fernsehen nicht mehr sehen. Am liebsten würde ich einfach nur ein wenig Musik hören. Angestrengt versuche ich mich an den Abend mit Susan zu erinnern. Sie hatte doch irgendwie das Handy mit dem Lautsprecher verbunden. Wenn ich doch ein bisschen versierter im Bereich Technik wäre.

Widerwillig stehe ich auf und hole mein Telefon. Ein Blick auf das Display veranschaulicht mir, wie lange es her ist, seitdem ich es das letzte Mal in meinen Händen hatte. Siebenunddreißig Anrufe in Abwesenheit und achtundzwanzig Nachrichten. Meine Hände zittern und beginnen feucht zu werden. Will ich wirklich wissen, was mir geschrieben wurde? Es kennen ja eigentlich nur drei Leute meine Nummer.

Dylan, Susan und mein Vater. Zum ersten Mal seit besagter Nacht beginnt mein Herz kräftig zu schlagen. Es pocht gegen meine Rippen und macht den Anschein, als wolle es aus meiner Brust heraus springen. Meine Neugier gewinnt jedoch nach kürzester Zeit die Oberhand und ich tippe fahrig auf die App mit den Nachrichten. Fünfzehn sind von Susan und dreizehn von Dylan.

Ich öffne zuerst den Verlauf von Susan.

Hey, was ist los bei euch? –
Geht es dir gut? –
Melde dich bitte. –
Ich mache mir echt Sorgen. –
Dylan nervt mich schon. –

Ich gehe bis zur letzten Nachricht.

Wenn du reden magst, dann melde
dich. Ich bin für dich da.
Bis dahin lasse ich dich in Ruhe.

Nun öffne ich auch mit bebenden Händen die Nachrichten von Dylan. Noch bevor ich lesen kann was er geschrieben hat, bildet sich ein unüberwindbarer Kloß in meinem Hals. Er macht sich so breit, dass ich nicht mehr schlucken kann. Mehr und mehr spüre ich, wie ich zu schwitzen beginne und mein Magen zu einer brodelnden Suppe wird. Ich schluchze schon alleine nur, weil sein Name im Display angezeigt wird. Mir steigen die ersten heißen Tränen in die Augen und ich versuche mit verschwommenem Blick zu entziffern, was er mir zu sagen hat.

Zoe. Bitte sag mir was los ist. –
Zoe... –
Du kannst mir nicht sagen, dass
das dein Ernst ist. –
Sag mir was passiert ist,
ich regle das. –
War es wieder Melania? Hat sie
etwas angestellt?

Auch hier gehe ich bis zur letzten Nachricht, denn meine Seele hält das alles nicht mehr aus.

Zoe bitte. Ich liebe dich!

Seine letzten Worte reißen mir erneut erbarmungslos mein Herz aus der Brust. Ich kann es quasi vor mir sehen, wie es aufhört zu schlagen und es dann wie ein regungsloser Klumpen vor mir liegt. Dylan scheint mir damit den Gnadenstoß zu geben. Am liebsten würde ich ihm antworten, *Ich liebe dich auch*, aber das hilft mir gerade nicht weiter. Ich schließe die Nachrichten und schaue noch die verpassten Anrufe durch. Mist, da sind auch zwei von meinem Vater dabei. Ich werde ihm direkt eine Antwort schicken.

Hallo. Es tut mir leid, dass ich deine Anrufe verpasst habe. Im Moment habe ich ein wenig Stress, ich werde mich aber die Tage bei dir melden. Hab dich lieb.

Ich hoffe, dass er meine Entschuldigung annehmen und so hinnehmen wird. Gerade erst wieder gefunden und direkt so etwas. Geknickt schließe ich alle Programme und schalte etwas Musik an, nachdem ich mich zurecht gefunden habe. Schnell entdecke ich einen Radiosender, welcher Musik aus den Achtzigern und Neunzigern spielt. Diese Lieder fand ich schon immer am besten.

Hoffentlich lenkt mich das ein wenig ab und lässt meinem Kopf wenigstens ein paar Minuten Pause. Susan werde ich am Dienstag eh auf der Arbeit über den Weg laufen und ihr alles berichten müssen. Sie wird sich gedulden. Dylan schreibe ich nichts. Ich wüsste nicht, was ich ihm sagen sollte. Wahrscheinlich würde ich einen Rückzieher machen und ihn somit gefährden. Das darf ich nicht riskieren. Am besten wird es sein, wenn ich mir eine heiße Dusche genehmige. Ich richte die Box auf dem Schrank so aus, dass ich bei offener Badezimmertür noch den Klängen lauschen kann.

Als das heiße Wasser endlich auf mich niederprasselt, fühlt es sich wie eine ungemeine Erleichterung an. So, als wenn man einen extrem schweren Rucksack nach einer Wanderung ablegt. Mein Nacken entspannt sich mit jeder Minute mehr. Ich schließe meine Augen und lasse das Wasser über mein Gesicht hinab rinnen. Nach einer gefühlten Ewigkeit trete ich wie mechanisch heraus und stehe vor dem Spiegel. Was für ein Elend mich doch aus diesem anstarrt, bevor der Wasserdampf mir die Sicht versperrt. Darunter befindet sich eine kleine Ablage mit einigen Schminkutensilien, Cremes und sonstigen Pflegeprodukten.

Ruppig versuche ich mein nasses Haar zu entwirren. Ich sehe wie sich die ausgerissenen Haarsträhnen zwischen den Zinken meines Kammes anhäufen, doch ein Ziepen wie sonst kann ich nicht vernehmen. Auf einmal ertönt ein mir sehr bekanntes Lied bei dem Radiosender. Mir stockt der Atem und ich senke meine Hand mit dem Kamm auf den Rand des Waschbeckens. Es ist Brian Adams. Seine Worte hallen in mir nach und meine Unterlippe beginnt zu zittern.

Bitte vergib mir, ich weiß nicht, was ich tue.

Plötzlich sehe ich Melanias Visage vor mir, wie sie mich fies anblitzt. All meine Wut und mein Hass steigen empor und ich kann mich kaum noch kontrollieren.

Bitte vergib mir, ich kann nicht aufhören, dich zu lieben

Meine Gefühle entladen sich in einem lauten, schmerzerfüllten Schrei, während ich mit beiden Händen alles von der kleinen Ablage fege.

Laut scheppernd fällt der Becher mit meiner Zahnbürste zu Boden. Ein Glastiegel mit Creme zerspringt klirrend an der Wand und verteilt sich auf den blauen Badezimmerfliesen. Alles was ich zu greifen bekomme, werfe ich hinterher, bis ich laut schluchzend an der Tür meiner Dusche auf den Boden sinke. Meine Hände vergraben sich in meinen Haaren und ich fasse zwei Büschel stramm zusammen. Irgendetwas muss doch diesen verdammten Schmerz lindern können.

Mit einem lauten Knall fliegt meine Wohnungstür auf und ich kann eine panische Stimme nach mir rufen hören.

»Zoe! Ist alles in Ordnung?«

Dylan steht im Türrahmen zu meinem Bad, vollkommen aus der Puste. Er sieht so fertig aus, wie ich mich fühle. Dunkle Augenringe und ein Dreitagebart spiegeln seine Trauer wieder. *Bitte geh. Quäl mich nicht noch mehr, als ich mich selbst.* Ich ziehe meine Nase hoch und räuspere mich.

»Ja, alles ok. Es, es ist mir nur etwas herunter gefallen«, krächze ich, ohne ihn wirklich anzusehen.

Ich beobachte aus den Augenwinkeln, wie Dylan seinen Blick durch das Bad schweifen lässt. Danach sieht er mich traurig an und versucht so gefasst zu mir zu sprechen, wie es ihm möglich ist.

»Ich weiß nicht was passiert ist, aber ich werde auf dich warten. Ich liebe dich und egal was ist, du kannst immer zu mir kommen.«

In mir zieht sich alles zusammen. Das war der nächste schmerzliche Stich. Bei so viel Folter müsste mein Herz doch schon nicht mehr existieren. Warum kann da überhaupt noch etwas schmerzen? Dylan hilft mir auf und will mit seiner Hand über meine Wange streichen, doch ich wende mein Gesicht ab.

»Danke, es wird schon gehen.«

Starr verharren meine Augen auf meinem Spiegelbild, bis ich höre wie die Wohnungstür wieder in das Schloss fällt. Mit einem Mal atme ich die gesamte angestaute Luft in meinen Lungen aus. Es hätte nicht viel gefehlt und ich wäre meinen Gefühlen verfallen. Die Wärme, welche er mir nur in diesem einen, kurzen Moment gegeben hat, war unbeschreiblich. Doch die Kälte, die direkt danach die Macht übernimmt ist bitter.

Mittlerweile ist mein Spiegelbild klar zu erkennen. Irgendwie kann ich mich nicht mehr ertragen. Alles scheint mich zu stören. Ich hole mir aus der Küche eine große Schere und verändere das Einzige, was in meiner Macht steht. Aufgewühlt nehme ich meine langen Haare zusammen und schneide sie bis zu meinen Schultern ab. Eine dunkle Strähne nach der anderen fällt auf die glasierte Keramik des Waschbeckens. Als ich endlich mit der Prozedur fertig bin, fühlt es sich eigenartiger Weise alles viel leichter an. So als wäre ich für einen kurzen Augenblick wie neu geboren.

Die ersten Raketen werden laut heulend in die Luft geschossen und ich verkrieche mich in mein Bett. Irgendwann schlafe ich, trotz des Höllenlärms ein.

Kapitel 2

Heute ist Dienstag und ich bin schon vor dem Weckerschellen aufgewacht. Den gestrigen Tag habe ich wie zuvor auch nur in meinem Bett verbracht. Ich muss mich beeilen, denn heute werde ich zur Arbeit laufen und muss deswegen eher los. Ich hoffe so sehr, dass ich Dylan während der Arbeit nicht zu oft über den Weg laufen werde. Solange ich ihn nicht sehe, kann ich mich irgendwie mit Arbeit ablenken. Doch meine Hoffnung zerschlägt sich schon, als ich das Haus verlasse. Er steht an seinem Wagen gelehnt und wartet auf mich.

»Guten Morgen. Was ist denn mit deinen Haaren passiert?«, fragt er geschockt, während er mich genauestens betrachtet.

Da ich ihm nicht antworte, übergeht er seine Frage direkt

»Können wir?«

Seine Stimme klingt so erwartungsvoll und seine Augen strahlen mich an.

»Dylan bitte. Ich werde laufen, das mit uns klappt so nicht.«

So schnell es geht bringe ich diese Worte hervor, bevor meine Stimme mir wieder einen Strich durch die

Rechnung machen kann und schiebe mich an ihm vorbei.

»Ich will nicht, dass du läufst. Das ist zu gefährlich.«

Seine Stimmlage wird energischer. Traurig schüttle ich meinen Kopf.

»Das ist lieb, aber es geht nicht.«

Ich setze meinen Weg mit strammen Schritten fort und merke, dass er mir mit ein wenig Abstand folgt. Gott. Warum macht er das nur? Melania wird denken, dass ich nicht das mache, was sie von mir gefordert hat. Hastig drehe ich mich um und motze ihn an.

»Dylan verschwinde! Mir wird schon nichts passieren.«

Ich taxiere ihn so lange mit meinen Blicken, bis er endlich kehrt macht. Obwohl er letztendlich mit seinem Wagen zur Arbeit fährt, kommen wir zeitgleich an der Agentur an. Ich gehe einige Meter vor ihm und kann schon hinter der Eingangstür das siegessichere, abscheuliche Grinsen von Melania sehen. Oh du mieses Dreckstück, warte nur ab. Meine Rache wird noch kommen. Ich weiß nur nicht wie. Sie steht direkt hinter der Tür, welche nach innen schwenkt. Mit purer Absicht und voller Kraft stoße ich die Tür auf und treffe das diabolische Wesen hart am Kopf. Alle sehen schaulustig zu uns herüber. Regungslos sehe ich sie an und flüstere ihr etwas zu, damit es niemand sonst hören kann.

»Schade, dass es nur eine Beule geben wird. Laufe mir besser nicht mehr über den Weg!«

Ich spüre Dylans Hand in meinem Rücken als er fragt, ob bei mir alles in Ordnung ist. Ich stoße ihn leicht weg und bin genervt.

»Ja doch! Es ist alles bestens, oder Melania? Also lass mich los.«

Stumm und ohne mich umzudrehen verschwinde ich in meinem Büro. Wie soll ich nur den Tag überstehen? Sofort setze ich mich an meine Arbeit. Ich wühle mich wie eine Irre durch die Programme und Ordner, welche auf den Servern liegen. Irgendwie komme ich besser voran, als gedacht. Wenn das in diesem Tempo weiter geht und Susan und ich einer Meinung sind, dann werden wird schnell mit allem durch sein. Ich sitze stumm vor meinem Emailprogramm und überlege, was ich Susan schreiben könnte. Wir müssen uns gleich wegen der Kampagne besprechen, aber mir ist nicht nach Reden zu Mute.

Hallo Susan. Nach der Pause ein kleines Meeting? Bei dir oder bei mir? Aber bitte nicht böse sein, ich mag heute über nichts Privates reden.

Es dauert keine Minute, da trudelt schon eine Antwort ein.

Ok, ich komme dann zu dir.

Susan sieht mich verwirrt wegen meines neuen Haarschnittes an und kommt auf mich zu, um mich in eine herzliche Umarmung zu schließen. Wie automatisch umklammern meine Arme sie und ich suche nach Halt. Wie froh ich doch bin, wenigstens sie zu haben.

Unsere Besprechung ist recht trocken, doch wir sind mit unseren Entscheidungen komplett zufrieden und stimmen überein. Susan erklärt mir, wie man nun die Termine vereinbart. Zuerst sagt sie, sollen wir einen Termin für ein Shooting und einen Videodreh abklären, danach erst die Models anfragen. Die Termine sind schnell gemacht. Schon bereits Anfang Februar soll der Werbedreh stattfinden. Das Shooting ist für ein paar Tage später anberaumt. Susan sieht mich stirnrunzelnd an und ohne einen erkennbaren Grund schießt mein Puls in die Höhe.

»Nun kommt das leidige Thema. Wir müssen zu unserem Chef und ihm das alles kurz berichten. Du musst aber mitkommen, weil du einen Teil alleine gemacht hast, so wie ich auch.«

Mein Kiefer spannt sich an, als ich meine Zähne aufeinander beiße.

»Ok, das schaffe ich irgendwie.«

Da muss ich jetzt durch. Ich kann nicht davor weglaufen. Mit Herzrasen trete ich gemeinsam mit Susan in sein Büro. Meine Beine wollen nicht mehr so, wie ich das gerne hätte und ich bin froh, dass ich kurz darauf den rettenden Stuhl erreiche. Nervös setze ich mich hin und versuche seinen Blicken auszuweichen. Das klappt allerdings nicht wirklich, weil ich ihm direkt gegenüber sitze. Meine einzige Option wäre, mich unter dem Stuhl zu verkriechen, was zu albern wäre. Eine Hitzewelle nach der anderen überrollt mich und ich beginne hibbelig zu werden. Mit jeder Sekunde welche verstreicht, ist es mir unangenehmer und ich flehe hier schnell wieder heraus zu kommen. Die meiste Zeit über redet Susan, ich scheine nur ein schmückendes Beiwerk zu sein.

»Ja, das ist so weit alles in Ordnung. Dann gebt mir nächste Woche bitte Bescheid, ob die Termine in festen Tüchern sind.«

Seine Stimme hört sich an wie immer, was mich sehr bedrückt. Susan und ich erheben uns von den Stühlen, als Dylan um seinen Schreibtisch herum kommt und mich sachte an meinem Arm zurück hält.

»Einen Moment bitte, Zoe.«

Ich erschrecke und blicke ihn verwirrt an.

»Bitte nicht«, meine Stimme ist vielmehr ein flehendes Wimmern, als überzeugend.

Ich sehe ihn wehmütig an und er weicht resigniert einen Schritt zurück. Susan, die alles mitbekommt, beobachtet uns stumm. Als die Tür sich schließt haste ich, gefolgt von Susan in mein Büro.

»Kannst du mir mal sagen, was das soll?!«, sie klingt zum ersten Mal, seit ich sie kenne, erbost.

Perplex wende ich mich ihr zu.

»Sieh mich nicht so an. Du weißt genau, was ich meine. Es sieht doch ein Blinder mit dem Krückstock, dass ihr euch liebt. Also, wo liegt das Problem?!«, stutzt sie mich zurecht.

Unruhe macht sich in mir breit und ich habe keine plausible Erklärung parat. Ich fühle mich in die Enge getrieben und reagiere ein wenig schroffer, als ich es eigentlich möchte.

»Ich will darüber nicht reden! Es hat schon seine Gründe. Es passt einfach nicht und gut ist.«

»Bull Shit! Was hat *sie* gemacht?«

»Wer bitte, soll was gemacht haben?«

Ihre Mine verfinstert sich und von Susans Nettigkeit ist nichts mehr zu spüren.

»Zoe, verkauf mich nicht für blöde. Du weißt genau, dass ich Melania meine!«

Geschockt zucke ich mit den Schultern und antworte ihr kraftlos.

»Ich glaube es ist besser wenn du jetzt gehst. Wir reden irgendwann mal darüber, aber nicht heute.«

Mit einer Handbewegung deute ich ihr den Weg zum Ausgang. Susan schüttelt verbittert ihren Kopf und lässt mich alleine zurück. Erschöpft von diesem ersten, anstrengenden Arbeitstag, lasse ich mich auf meinen Bürostuhl fallen.

»Wenn das jetzt jeden Tag so laufen wird, kann ich einpacken«, brumme ich in den Raum hinein.

Die restlichen Stunden vergehen wie im Flug. Gerade als ich meine Sachen zusammen packen und Feierabend machen will, vibriert mein Handy. *Nicht schon wieder eine Nachricht,* denke ich und sehe genervt auf das Display. Oh. Es ist die Erinnerung meines Kalenders. Heute beginnt der Krav Maga Kurs. Den habe ich ja vollkommen vergessen und Lust darauf besteht auch nicht wirklich. Eigentlich will ich nur noch nach Hause und schlafen. Gedankenverloren schlendere ich durch die kalten, grauen Straßen nach Hause. So langsam darf sich der Frühling wieder blicken lassen. Den eisigen Wind kann ich nicht mehr ertragen.

Meine Nase beginnt zu laufen, als der nächste, bittere Windstoß mir ins Gesicht schlägt. Immer wieder schaue ich mich um. Das Gefühl, dass mich jemand verfolgt durchfährt Mark und Bein. Doch so angestrengt ich die gesamte Gegend absuche, ich kann niemanden erspähen. Jedoch als ich fast die Haustür erreiche, löst sich dieses unheimliche Rätsel von alleine. Es war Dylan. Er scheint mir langsam hinterher gefahren zu sein. Zwar würde ich es nie im Leben zugeben, aber ich bin ihm dafür sehr dankbar. Ich erwische mein Herz, wie es einen Freudenhüpfer machen will und ersticke die aufkeimende Hoffnung sofort.

Wag es dich nicht! Diesmal hast du nichts zu melden, ermahne ich es. Ich halte ihm aus Höflichkeit die Tür mit auf, aber ich sage nicht ein einziges Wort, sondern verschwinde schweigend in meine Wohnung. Zum Glück hat auch er nicht den geringsten Versuch gewagt, mich in ein Gespräch verwickeln zu wollen.

Kaum dass ich in meinen vier Wänden bin, fühlt sich alles so beengt an. Hier will ich nicht zu lange verweilen. Ich packe schnell einige bequeme Sachen, Duschgel und ein Handtuch in eine Tasche und mache mich dann doch widerspenstig auf den Weg zu dem Studio. Es ist nur eine knappe halbe Stunde zu Fuß. Gerade als ich dort eintreffe, werde ich auch schon sehr freundlich von einer jungen Frau am Empfang begrüßt.

»Hallo, kann ich Ihnen helfen?«

»Ähm ja. Ich habe heute ein Krav Maga Training. Leider ist mir der Name entfallen, wer diesen Kurs leitet«, druckse ich herum.

Der Empfang wirkt recht winzig. Es ist eine kleine Theke, welche über Eck verläuft. Ein bisschen sieht es so aus, wie in einem kleinen Café. Hinter ihr befinden sich einige Getränkeautomaten, die mit Getränken in diversen Farben aufgefüllt sind. Direkt an dem Empfang stehen drei moderne Barhocker.

Links neben der Theke ist eine Sitzgruppe aus schwarzem Leder. Sie wirkt gemütlich und einladend. Auf einem nicht allzu großen Glastisch in Mitten ihr, liegen verschiedene Zeitschriften ausgebreitet. Rechts neben der Theke gibt es eine geschlossene Tür. Von meinem ersten Besuch her weiß ich, dass sich dahinter die Trainingsräume befinden. Auch wenn alles im Eingangsbereich recht klein wirkt, im Verborgenen gibt es drei große Flächen zum Trainieren. Ein bisschen bin ich doch schon aufgeregt. Hoffentlich halte ich das hier durch und bin danach nicht platt wie eine Flunder.

Sie grinst mich an.

»Kein Problem, das ist der Kurs von Markus Schrolt. Da vorne kommt er auch schon.«

Die Frau deutet mit ihrer Hand auf die gerade noch geschlossene Tür.

Markus kommt mit einem breiten Grinsen auf mich zu. Sein Aussehen ist ihm anscheinend sehr wichtig, denn er verbringt offensichtlich viel Zeit in einem Solarium und mit Sport. Markus ist etwa einen Kopf größer als ich, hat kurzes, hellblondes Haar und ist perfekt durchtrainiert. Seine Gesichtszüge wirken trotz der Muskeln eher weich. So wie er aussieht, könnte er auch Werbung für eine Zahnpasta machen. Weiße, makellose Zähne blitzen mir zwischen seinem breiten Grinsen entgegen.

»Hallo Zoe. Es freut mich, dass du heute hier bist«, sagt er und streckt mir zur Begrüßung seine Hand entgegen.

Er sieht unverschämt gut aus, aber Dylan kann er bei weitem nicht das Wasser reichen.

»Dann komm mit. Ich zeige dir wo du dich umziehen kannst und wo wir uns dann gleich treffen werden.«

Still folge ich ihm und ziehe mich danach flugs um. Es dauert nur wenige Minuten, da finde ich mich auch schon in einer der Trainingshallen wieder. Markus weiß, dass ich mich hier angemeldet habe, weil ich mich im Notfall verteidigen können will und dass es auch schon Übergriffe gab. Daher zeigt er mir direkt nach einer kurzen Aufwärmung die einfachsten Übungen, um jemanden abzuwehren.

Um mich herum trainieren weitere Leute. Meist sind es Frauen. Sie alle haben einen Trainingspartner an ihrer Seite und scheinen schon zur fortgeschrittenen Liga zu gehören. Irgendwie fühle ich mich seltsam, doch er lobt mich und meint, dass ich es für das erste Mal und ohne Vorkenntnisse sehr gut mache. Als die Bewegungsabläufe sitzen, erhöht er das Tempo merklich und auch die Kraft der gespielten Angriffe. Ich habe immer mehr Schwierigkeiten, mich gegen ihn zu verteidigen.

»Ich werde dein Training nach heute auf dich abstimmen. Du musst allerdings noch etwas für deine Kondition und deine Kraft tun. Am besten wird es sein, wenn du dich nachher in eine heiße Wanne legst, wenn du diese Möglichkeit haben solltest. Morgen wirst du einen schönen Muskelkater haben.«

Ich nicke ihm zu und bedanke mich für das Training. Es hat mir wirklich sehr gut getan. Ich bin total platt, doch ich merke in mir drin eine Art Zufriedenheit. All meine Wut und der Hass sind um einiges schwächer geworden.

Zuhause angekommen lasse ich mir sofort ein Bad ein, wie Markus es mir empfohlen hat. Er meinte morgen würde es Muskelkater geben, aber ich kann den Anflug jetzt schon spüren. Es war schwer die Treppen hinauf zu steigen. Hoffentlich kann das heiße Wasser mich so weit entspannen, dass ich mich morgen zumindest etwas bewegen kann.

Trotz des Sportes und der frischen Luft habe ich keinen Hunger. Ich entschließe mich, mir wenigstens einen heißen Kakao zu machen. So habe ich zumindest ein bisschen was in meinem Magen und unterzuckere nicht. Danach verkrieche ich mich unter meine Bettdecke und bin froh, endlich zu liegen.

Der Tag heute war für mich extrem kräftezehrend. Kaum dass ich mich in der Waagerechten befinde, falle ich auch schon in den Schlaf, so sicher und warm in mein Oberbett gehüllt.

Kapitel 3

Das nervtötende Bimmeln meines Weckers reißt mich abrupt aus meinen Träumen. Ein gewaltiger Schmerz durchfährt mich, als ich versuche aufzustehen.

»Aua!«, jammere ich laut und versuche mir meine schmerzenden Stellen gleichzeitig zu halten, doch es sind einfach zu viele.

Dafür bräuchte ich noch mindestens zehn weitere Hände. Ich krieche förmlich durch meine Wohnung und verlasse das Haus im Schneckentempo. Wie gewohnt und erwartet steht Dylan an sein Auto gelehnt und wartet auf mich.

»Dylan!«, fauche ich ihn an, während ich an ihm vorbei humple.

Innerlich bereite ich mich schon auf eine Diskussion vor, doch es kommt nichts. Nicht einen Mucks lässt er von sich hören. Wortlos steigt er in sein Auto und fährt davon. Ich schleppe mich alleine durch die Straßen. Unterwegs beginnt es auch noch zu regnen.

Mist, warum habe ich keinen Schirm mitgenommen? Die kalten, feinen Wasserperlen legen sich auf mein Haar, bis es allmählich komplett durchweicht ist. Pitschnass und verfroren komme ich bei der Arbeit an. Jetzt kann ich nur hoffen, dass ich keine Erkältung deswegen bekomme. Wobei, eigentlich müsste ich aufgrund meiner vorherigen Jacke abgehärtet sein. Ich spüre, wie mir einige Leute verdutzt hinterhersehen, als ich auf den Weg in mein Büro bin. Ich verstehe nicht was passiert ist, aber ich spreche niemanden darauf an. Noch irritiert schalte ich meinen PC ein. Meine Jacke und Tasche verfrachte ich hinter mir, als auf einmal mein Handy piept. Nanu?

*Hey, komm mal bitte dringend in
mein Büro.*

Unruhig wippe ich mit meinem rechten Bein auf und ab. Susan will mich schon so früh sehen? Hoffentlich hat es nichts mit den Terminen wegen der Kampagne zu tun. Wenn die jetzt über den Haufen geworfen werden, wird es aber mehr als nur knapp. Soweit ich mich erinnern kann, hat der Regisseur keine freien Termine vor April und bis das alles nachbearbeitet ist. Daran mag ich erst gar nicht denken. Wahrscheinlich würden wir dafür dermaßen einen auf den Deckel bekommmen.

Rasch stehe ich von meinem Platz auf und gehe schnellen Schrittes zu den Aufzügen. Bis in die Vierte habe ich keine Lust zu laufen. Ungeduldig warte ich auf das bekannte Bingen. Ich starre auf die Türen, welche sich endlich sehr schwerfällig vor mir auftun. Wer steht natürlich da drin? Klar doch, Dylan. *Bitte lass ihn aussteigen.* Doch er scheint es sich anders zu überlegen und macht lediglich einen kleinen Schritt zur Seite, damit ich etwas Platz habe. Mir bleibt auch nichts erspart. Theoretisch könnte ich nun auf den nächsten Aufzug warten, doch das wäre kindisch. Er ist und bleibt mein Chef. Ich werde ihm immer wieder über den Weg laufen. *Das hättest du dir vorher überlegen müssen. Bevor du euch zerstört hast. Nein, noch bevor du diese Nähe zugelassen hast,* schimpfe ich innerlich mit mir selbst.

»Guten Morgen, Frau Felter.«

Seine Stimme ist nicht mehr so sanft, wie ich sie gewohnt bin und das lässt mich erblassen. Warum grüßt er mich, obwohl ich ihn heute bereits gesehen habe? Und er siezt mich. Wahrscheinlich will er mir nun klar machen, dass er verstanden hat.

»Guten Morgen, Herr Harper«, murmle ich mit gesenktem Kopf.

Mir wird warm und ich kann in diesem kleinen Kasten immer schlechter Luft bekommen. Ich muss hier dringend raus. Bisher habe ich noch nie zu Platzangst geneigt, doch heute macht es mir zu schaffen so beengt zu sein. Es ist wie bei unserer ersten gemeinsamen Fahrt. Ich versuche tief einzuatmen, doch das bereue ich sofort. Sein Duft zieht mich in einen Strudel hinein. Wie gerne würde ich meine Hand nach ihm ausstrecken. Ihn einfach nur berühren, ihn in meine Arme nehmen. Seine Wärme fehlt mir so unsagbar.

Ich balle meine Hände zu kleinen Fäusten zusammen, um nicht der Versuchung zu erliegen. Endlich hält der Fahrstuhl und Dylan lässt mir den Vortritt. Er bleibt trotz allem noch ganz Gentleman. Die frischen Wunden in meinem Herz reißen auf und ich sehe immer verschwommener. Es ist nicht mehr weit bis zu Susans Büro. An der Tür drehe ich mich aus Reflex zu ihm um und sehe, dass er in das Büro von Melania geht. Ich reiße meine Augen weit auf. Nein! Nein! Er sagte doch, es wird nie wieder Gespräche zu zweit geben. Doch was erwarte ich da nur? Ich habe ihm den Laufpass gegeben. Warum sollte er also nicht mit ihr reden? Tief verletzt drücke ich die Klinke von Susans Tür herunter und sie schaut mich besorgt an. Zu meinem Schmerz mischt sich nun Beklommenheit.

»Was ist los?«, will ich wissen.

»Setz dich bitte erst«, sagt sie tot ernst.

Sie macht mir mit ihrer Art Angst. Es muss wirklich etwas unglaublich Schlimmes sein. Mein Magen fängt an zu rebellieren und dann beginnt sie.

»Hast du die Gerüchte schon gehört?«

Stirnrunzelnd schaue ich sie an und schüttle mit meinem Kopf. Meine Finger wickeln sich in den Saum meiner Ärmel ein. Susan atmet tief durch und fährt dann fort.

»Irgendjemand hat Gerüchte gestreut, dass du Dylan betrogen hast und er dich deswegen abserviert hat. Ich denke, es war Melania.«

Schlagartig hole ich Luft und öffne meinen Mund um etwas zu sagen. Doch im selben Moment entfallen mir die Worte wieder. Ich kann sie nur anstarren.

»Ist da denn etwas Wahres dran?«

»Was? Nein! Das ist der totale Schwachsinn!«, motze ich empört los.

Sofort sehe ich Dylan vor meinem inneren Auge. Nein, wenn er das jetzt glaubt? Ich habe ihm ja keine wirkliche Erklärung gegeben. Es ist das eine, wenn er auf mich sauer ist, weil ich es beendet habe. Aber wenn er sauer auf mich wäre für etwas, das ich gar nicht getan habe. Irgendwie fühlt es sich so an, als wenn mir der Boden unter den Füßen entrissen wird. Wie in Trance stehe ich auf und verlasse stumm das Büro von Susan. In mir dreht sich alles.

»Zoe warte doch«, ruft sie mir besorgt hinterher.

Ich hebe nur die Hand um ihr zu signalisieren, dass ich meine Ruhe brauche und gehe weiter. Ich kann jetzt nicht mit ihr sprechen. Gerade als ich auf den Knopf vom Aufzug gedrückt habe, spüre ich das allzu vertraute Brennen und Kribbeln in meinem Rücken. Ich muss mich nicht umdrehen, um zu wissen, dass die Liebe meines Lebens hinter mir steht. Ohne ein Wort treten wir in den Fahrstuhl ein. Kaum dass sich die Türen schließen hole ich tief Luft.

»Ich...«, beginne ich, doch was will ich ihm eigentlich sagen?

Weiß er überhaupt welche Gerüchte hier umgehen? Klar, wie auch nicht. Er ist der Chef und kam von dem Höllentier Melania. Mit Sicherheit hat er es schon gehört. Mein Puls rast und ich versuche ihn anzusehen. Sein Blick wirkt seltsam. So kalt und leer. Schon fast abwertend. Nun bin ich mir sicher, dass er die Lügen bereits erfahren hat. Dylan mustert mich aufmerksam und

dann steckt er einen Schlüssel in das Bedienfeld des Auf-
zuges. Nach kurzer Zeit kommen wir zum Stehen, doch
die Türen schwingen nicht auf.

»Ich höre«, brummt er mir zu.

Zaghaft versuche ich mit ihm zu sprechen.

»Dylan. Das, das was da erzählt wird. Es stimmt
nicht.«

Ich kann selber hören, wie weinerlich und erbärm-
lich ich doch klinge.

Sein harter Blick lässt mich erschaudern.

»Es ist doch egal ob es stimmt oder nicht. Nicht
wahr?«

Wie bitte? Nein, es ist nicht egal. Es lässt mich als
das miese Stück dastehen. Ich bin keine Betrügerin.

»Nein. Es ist nicht egal«, nuschle ich.

»Gut, dann haben wir das ja jetzt geklärt. Oder
möchten Sie mich mit weiteren unwichtigen Dingen
von der Arbeit abhalten?«

Ich keuche auf. Sein Verhalten verletzt mich so sehr.
Ruckartig zieht er den Schlüssel aus dem kleinen Schloss
und steckt ihn klimpernd in seine Hosentasche. Er wendet seinen Blick von mir ab und ich stehe da, wie ein be-
gossener Pudel. Als die Türen aufgehen bin ich nicht in
der Lage einen Schritt zu machen und werde direkt mit
schroffer Stimme ermahnt.

»Zoe, Sie sollten an Ihre Arbeit gehen. Die macht
sich nicht von alleine und fürs Rumstehen bezahle ich
Sie nicht.«

Au. Das hat gesessen. Wie auf der Flucht stürme ich in mein Büro. Es ist mir egal, dass mir alle Blicke neugierig folgen. Traurig setze ich mich an meinen Schreibtisch und lasse meinen Kopf auf die Arbeitsplatte fallen. Der Tag hat doch gerade erst angefangen.

Irgendwie überstehe ich diesen Arbeitstag dennoch und schlurfe in Gedanken versunken nach Hause. Als ich den Schlüssel in die Haustür stecken will, werde ich brutal zur Seite weg gerissen. Kalle. Sofort schießt Adrenalin in meine Adern. Ich versuche mich vergebens aus seinen Fängen zu befreien, doch es klappt nicht. Ich habe keine Kraft mehr. Ich will nicht mehr.

»Na schau an. Die Kratzbürste wird so langsam wieder zahm.«

Sein lüsterner Blick wandert meinen Körper ab.

Ich sage kein einziges Wort. Einzig meine Tränen strömen wie kleine Bäche über mein Gesicht. Er hat mich zerstört. Und nun? Nun haben er und Melania mein restliches Leben auch noch ruiniert. Warum also soll ich mich noch wehren? Ich habe doch eh alles verloren.

Meine Gedanken schweifen ab und tragen mich weit von diesem Elend hinweg. Zwar kann ich Kalle noch sehen, aber seine Worte erreichen mich nicht mehr. Ich spüre keine Angst mehr, keine Kälte, kein Schmerz oder Leid. Plötzlich scheine ich nach hinten zu fallen. Eine kleine Erschütterung vernehme ich noch, während ich unaufhörlich Kalle anstarre. Ich kann erkennen, dass hinter ihm ein Polizeiauto an der Straße hält und zwei Beamte direkt auf ihn zustürmen. Mit ganzer Wucht wird er zu Boden gestoßen. Die Polizisten sehen mich an und rufen mir etwas zu. Ich hingegen starre sie nur mit meinem teilnahmslosen Blick an.

Jemand versucht mich hochzuheben, damit ich wieder auf meinen Beinen stehe, doch sie sind matt und geben direkt wieder nach. Mit einem Ruck werde ich von den Füßen gerissen und die Treppen hinauf getragen. Ich drehe meinen Kopf ein wenig und sehe in das Gesicht von Dylan.

Zu wissen, dass ich nun in Sicherheit bin, ändert im Moment nichts an meinen Gefühlen. Meine kleine Seifenblase, in welcher ich mich gerade befinde, fühlt sich richtig an. Ich will hier nicht wieder raus, so dass alle Gefühle über mich einprasseln können. Nein. Hier bleibe ich noch eine Weile. Ich blicke einfach stur geradeaus. Irgendwann sehe ich jemanden in roten Klamotten vor mir hin und her laufen. Kurz versuche ich ihm mit meinen Augen zu folgen, aber es ist so verdammt schwer. Letztlich schaffe ich es, ihn doch genauer zu betrachten.

Es scheint ein Notarzt zu sein. Er spritzt mir irgendeine Flüssigkeit in meinen Arm. Hihi, ich habe das nicht einmal gemerkt. Doch halt, was ist das? Es kommt mir alles so weit weg vor. Meine Augenlider werden so schwer, dass ich keine Chance mehr habe, sie geöffnet zu halten. Ich gebe der Müdigkeit nach und lasse mich einfach nur fallen. Zu verlieren habe ich ja nichts mehr.

Als ich meine Augen öffne, starre ich an die Decke. Wo bin ich hier? Ich liege auf jeden Fall bequem. Das könnte mein Bett sein, zumindest glaube ich das. Um sicher zu gehen lasse ich meinen Kopf zur Seite gleiten. Erschrocken springe ich förmlich auf. Dylan liegt neben mir und beobachtet mich.

»Alter. Was machst du hier?!«, schreie ich ihn an.

Kann er mich denn nicht in Ruhe lassen? Muss er mir noch mehr wehtun?

»Jetzt bekomm dich wieder ein!«, geht er mich an.

»Du hast gestern einen Schock erlitten und damit ich dir das Krankenhaus erspare, habe ich dem Notarzt versichert, dass ich auf dich aufpassen werde, bis du wieder zu dir kommst. Aber augenscheinlich scheint es dir besser zu gehen.«

Genervt steht er auf und verlässt meine Wohnung. Ich glaube ich muss hier ausziehen. Das ertrage ich so nicht. Am Wochenende werde ich mir einige Wohnungsinserate ansehen. Ein Blick auf die Uhr verrät mir, dass ich sehr lange geschlafen habe. Wenn ich mich beeile, komme ich wenigstens noch pünktlich und sorge nicht für noch mehr Gesprächsstoff. Als ich im Bad stehe um mich fertig zu machen, blitzen die Bilder vom gestrigen Tag auf. Sie haben Kalle geschnappt. Endlich bin ich ihn los. Es fühlt sich unbeschreiblich gut an. Man hat mir einen Felsbrocken von meinen Schultern abgenommen und ich lasse mich tatsächlich seit Tagen zum ersten, kleinen Lächeln hinreißen. In meinem Hals macht sich ein leichtes Kratzen bemerkbar und ich muss husten.

Ich sollte nachher hier ein wenig putzen. Wahrscheinlich fliegt zu viel Staub durch die Luft. Schnell mache ich mir noch einen Kaffee und schütte ihn in einen Plastikbecher, bevor ich mich auf den Weg mache. Mein Frühstück werde ich heute wieder einmal ausfallen lassen. Nachher zaubere ich allerdings etwas zum Abendbrot. Auch wenn mir nicht danach ist, braucht mein Magen endlich wieder Arbeit.

Außerdem habe ich morgen das nächste Training und da muss ich bei Kräften bleiben, sonst gehe ich bei dem kleinsten Stoß zu Boden. In der Agentur ist es nicht wirklich besser als gestern, doch ich versuche alle so gut es geht zu ignorieren. Dylan ist ganz der Chef und so wie es aussieht, kann man Melania nur noch mit einer Brechstange von ihm lösen.

Sicher, er behandelt sie auch nur wie eine normale Angestellte, aber sie himmelt ihn ununterbrochen an und rennt ihm wie eine läufige Hündin hinterher. Es ist schon fast abartig sich dieses Schauspiel zu geben. Da ich recht schnell mit meiner Arbeit durch bin, stöbere ich einfach ein wenig auf dem Server herum. Ein Ordner zieht direkt meine Aufmerksamkeit auf sich. *MC.* Soll das etwas Melania Calla bedeuten? Neugierig versuche ihn zu öffnen, doch er ist leider Passwortgeschützt. Auf blauen Dunst hin gebe ich Dylan ein. *Verweigert.* Das wäre auch zu einfach gewesen. Meine Neugier wird immer größer. Irgendwie muss ich an diesen Ordner kommen. Normal sind die Daten alle nicht geschützt, wenn es um etwas Betriebliches geht. Mich würde es nicht wundern, wenn dort einige persönliche Dinge gespeichert sind. Schnurstracks krame ich mein Handy hervor und öffne den Chat mit Susan.

Hey. Magst du Detektivspiele
und handelst dir gerne Ärger ein?

Eine Antwort lässt nicht lange auf sich warten und ich kann erahnen, wie sehr ich Susan verwirrt habe.

? Ich verstehe nicht. Habe ich etwas
verbrochen, von dem ich nichts weiß?

Ich muss lachen.

Nein, du hast nichts verbrochen.
Zumindest noch nicht. Ich würde
gerne etwas herausfinden.
Allerdings ist das nicht ganz so
erlaubt. Machst du mit oder ist
das nicht so dein Ding?

Aufgeregt warte ich auf ihre Reaktion darauf.

Hat es etwas mit Cheffchen oder
Melania zu tun?

Als ich Susan in ihrer Vermutung bestätige, ist sie ohne weitere Fragen direkt dabei. Ich sage ihr, dass sie nach Feierabend bitte in mein Büro kommen soll. Offiziell müssen wir uns wegen unseres Projektes besprechen.

Sachte klopft es zu Feierabend an meine Tür. Ich bin so aufgeregt und bitte sie direkt herein. Susan setzt sich mir gegenüber und ich breite vorsorglich ein paar Akten und Schmierzettel auf dem Schreibtisch aus. Verwirrt beobachtet sie mein Handeln und runzelt die Stirn. Ich deute ihr an, dass sie etwas näher kommen soll, damit ich nicht so laut sprechen muss. Jeder weiß, dass Wände Ohren haben können und das kann ich nicht gebrauchen.

Ich flüstere ihr zu: »Ich habe heute ein wenig auf den Servern gestöbert und bin dann auf einen geschützten Ordner mit dem Namen *MC* gestoßen. Vielleicht ist der von Melania.«

Susan ist neugierig und unsicher zugleich.

»Und was willst du nun machen?«

Ich verziehe mein Gesicht.

»Ich weiß es selber nicht. Das Einzige was ich sagen kann ist, dass ich in den Ordner sehen möchte. Allerdings habe ich kaum Ahnung, was das Computerzeug angeht. Ich komme gerade mal so mit den Programmen zurecht.«

Schulterzuckend sehe ich sie an. Susan denkt angestrengt nach.

»Ok. Dann lass dir etwas einfallen. Auch wenn es Ärger gibt, sollte es heraus kommen. Ich bin dabei.«

Es überrascht mich, aber ich bin froh. Das hätte auch nach hinten losgehen und Susan mich verpfeifen können. Sie erhebt ihren Finger und blickt mich ernst an.

»Jedoch habe ich eine Bedingung«, sie klingt ernst und fordernd.

Misstrauisch beäuge ich sie.

»Sag mir, was passiert ist. Ich mache mir Sorgen«, ihre Tonlage lässt keinen Spielraum für Verhandlungen.

Während ich genervt stöhne, kneife ich meine Augen zusammen.

»Ok, aber ich werde dir nur im Groben sagen, was los ist. Ich kann dir nichts genaues erklären.«

Susan nickt wild mit ihrem Kopf.

»Melania hat sich eine Lüge ausgedacht und mich erpresst, damit ich die Sache mit Dylan beende. Indem ich ihr nachgegeben habe, beschütze ich Dylan und mich selbst auch.«

Susans Gesichtszüge werden hart.

»Was ein Biest. Ich habe mir schon so etwas in der Art gedacht. Und es gab keinen anderen Weg, als ihrer Forderung nachzugeben?«

»Nein, ich glaube nicht. Ich hatte nicht viel Zeit um mir darüber genug Gedanken zu machen.«

In meinem Körper bereitet sich wieder dieses schmerzende Gefühl aus. Bevor es mich überwältigen kann, kommt mir die Idee.

»Wir gehen, wenn alle weg sind, in das Büro von Melania und stöbern dort ein wenig herum.«

Susan klatscht begeistert in ihre Hände und reibt sie aneinander. Damit wir die Zeit totschlagen können bis alle die Agentur verlassen, frage ich sie zu ihrem Opfer der Begierde aus.

»Und was ist bei dir und Sam?«

Wehmütig sieht sie mich an.

»Ach hör bloß auf. Ich habe zwar herausgefunden, dass er mich auch anziehend findet, aber er möchte keine Fernbeziehung. Hier hin würde er auch nicht zurückkehren. Ich selber bin aber noch nicht so weit alle meine Zelte abzubrechen. Ich weiß ja nicht einmal, ob das mit uns überhaupt eine Zukunft hätte.«

»Ja das kann ich verstehen. Rein theoretisch war ich in der gleichen Situation.«

Ein Kloß bildet sich in meinem Hals und Susan möchte natürlich sofort wissen, wie ich das meine.

»Dylan lebt hauptsächlich in der Schweiz. Ab und zu hier in Deutschland oder in England. Er wollte, dass ich mit ihm gehe und ich habe zugesagt.«

Eine leise Träne rinnt aus meinem Auge.

»Nicht weinen Süße. Der Schmerz wird irgendwann vergehen.«

Das ist leicht gesagt. Vielleicht hat sie aber auch Recht und es wird wirklich leichter. Wir haben bereits halb sieben. Vorsichtig lugen wir aus dem Büro. Alles ist dunkel und man kann direkt bis auf den Parkplatz sehen. Akribisch schaue ich mir alles an. Nirgendwo ist Dylans Auto zu erblicken. Also ist er schon weg, das ist gut.

Susan und ich fahren in die vierte Etage. Wir müssen sicher gehen, dass niemand mehr hier oben ist. Nacheinander klopfen wir an jede einzelne Tür. Sollte widererwartend jemand öffnen sagen wir, dass wir Hilfe mit dem Computer bräuchten. Doch niemand ist mehr vor Ort. Zögernd stehen wir vor Melanias Büro. Wenn wir das jetzt machen, kann es verdammt schief gehen, sollten wir erwischt werden. Ich sehe Susan an, die mir bestärkend zunickt.

»Dann mal los«, flüstert sie.

Wir schalten das Licht ein und durchwühlen zuerst ihre Schreibtischhubladen. Es verwundert mich nicht wirklich als ich sehe, wie sorgfältig alles sortiert da liegt. Sie hat nicht einmal im Mülleimer einen kleinen Schmierzettel. Leicht frustriert nehmen wir uns nun den großen Aktenschrank vor. Auch dort sieht alles normal aus. Es fehlen nur noch die oberen Fächer. Während ich auf den Schreibtischstuhl klettere, hält Susan ihn fest damit er nicht weg rollt. Ich frage mich wie Melania dort etwas verstecken sollte. Alleine ist das unmöglich und eine Leiter kann ich hier nirgendwo entdecken.

Gerade als ich Susan sagen will, dass hier oben auch nichts ist, blitzt mich etwas hinter der Aktenreihe an. Es ist nur minimal höher und ich hätte es fast übersehen. Hastig ziehe ich drei Ordner hervor. Da ist ein kleiner Safe. Also ich habe so etwas nicht.

»Du guckst wie ein Auto. Was hast du gefunden?«

»Ähm. Melania hat einen Safe in ihrem Schrank. Ist das normal?«

Susan schreckt auf: »Nein, nicht wirklich. Also ich kenne kein Büro, außer das von unserem Chef, das über einen Safe verfügt.«

Ich steige wieder hinunter.

»Da kommen wir so nicht dran, wir brauchen einen Schlüssel«, grummle ich und greife genervt in mein Haar, um mir eine Strähne aus dem Gesicht zu schieben.

Susan stürmt direkt auf den Schreibtisch zu und ich frage sie, was das werden soll.

»In Filmen verstecken die immer alle Schlüssel unter den Schubläden.«

Ich muss laut los lachen.

»Aber wir sind in keinem Film.«

»Ja, ja. Lach du nur. Aber ich habe Recht«, prustet sie, als sie mir siegessicher einen kleinen Schlüssel vor die Nase hält.

»Was? Ist die echt so dämlich? Ich würde so einen Schlüssel doch nicht hier rum liegen lassen.«

Ich stürze mich wieder auf den Stuhl und tatsächlich, der Schlüssel passt. Mit einem Klicken springt das Schloss auf und ich kann einen Blick hinein werfen.

»Da sind eine Akte und ein USB Stick drin.«

Ich nehme sie an mich und stelle mich neben Susan. Gemeinsam werfen wir einen Blick in die Mappe. Ich kann da nicht wirklich etwas Seltsames finden. Es stehen einige Firmennamen darauf, mehr aber nicht.

»Komm, pack die Mappe wieder da rein und schließ ab. Wir gucken uns den Stick unten am PC an.«

Ich stimme Susan zu. Wir sollten uns nicht länger als nötig hier aufhalten. Mit einem Blick vergewissern wir uns, dass es hier wie zuvor aussieht und eilen dann nach unten.

Als ich den Stick in den Computer stecke, springt direkt ein Fenster auf, wo ich gefragt werde, ob ich den Ordner öffnen möchte. Hibbelig klicke ich auf ja. Irgendwie bin ich verwundert, dass dieser nicht auch passwortgeschützt ist. Wahrscheinlich hat Melania nie in Betracht gezogen, dass man ihn finden würde.

Aber was Susan und ich dann zu sehen bekommen verschlägt uns die Sprache. Alle Projekte sind dort aufgelistet. Es gibt einen Ordner mit dem Dateinamen Preistabelle. Und was am wichtigsten ist, bei dem ersten Ordner steht der Name der Konkurrenz. Begierig klicken wir ihn an. Etliche Dokumente werden aufgelistet. Liste Interessenten. Liste unzufriedener Kunden. Kontoauszüge Harper.

»Warum sind da Kontoauszüge gespeichert?«, will ich von Susan wissen, aber sie ist genauso ratlos wie ich.

Nachdem wir einen Bruchteil der Dokumente durchgesehen haben, ist uns klar, dass es hier um Betriebsspionage geht. Es ist das einzig Plausible. Mit vielem habe ich gerechnet. Dass wir auf den Ordner kommen und ich Bilder von Melania und Dylan ertragen muss, dass sie ein Tagebuch führt oder aber gar nichts. Doch was soll ich nun machen? Genau das scheint sich auch Susan zu fragen.

» Was sollen wir tun? Erpresst du dir bei Melania deinen Typen zurück oder gibst du Dylan den Stick? «

» Ich, ich weiß nicht … Wenn ich Melania erpresse, dann wird das für mich bestimmt noch härter werden. Ich denke mit ihr ist nicht zu spaßen. Sie scheint gestört zu sein. Und Dylan? Wie soll ich ihm erklären, dass ich in Melanias Büro geschnüffelt habe? «

Susan geht in meinem Büro auf und ab und versucht eine Lösung für unser, nein eigentlich Dylans Problem zu finden.

» Ich hab es. Zieh den Stick raus «, sagt sie energisch.

Überrascht reiche ich ihn ihr und sie putzt das kleine Plastikgehäuse mit ihrem Pullover gründlich ab. Dann verschwindet sie kurz und holt vom Empfang einen Briefumschlag.

» Äh Susan? Warum fasst du alles nur mit deinem Pullover an? «, sie ist wirklich seltsam gerade.

» Na meinst du allen Ernstes ich will, dass da unsere Fingerabdrücke drauf sind? Betriebsspionage ist kein Klacks Zoe. Sicherlich sind nun auch Melanias weg, aber sie können nachverfolgen, von welchem Arbeitsplatz aus die Daten gespeichert wurden und zu welcher Uhrzeit. Gib mir mal etwas Wasser. «

Ich mache was sie verlangt und bin immer noch erstaunt, was sie da fabriziert. Susan taucht ihren Ärmel in das Wasser und fährt damit an dem Klebestreifen des Umschlages entlang. Leise räuspere ich mich.

» Sag mal Susan, guckst du viele Filme? «

Erstaunt richtet sie ihre Augen auf mich.

» Ja, aber meist nur Krimis oder Thriller. «

Wissentlich nicke ich und presse meine Lippen auf-einander.

»Dir ist aber klar, dass Filme nicht real sind?«, ich muss mich gerade überzeugen, ob sie wirklich noch ganz sauber tickt.

»Ach hör doch auf. Was weiß ich, worauf die den Umschlag alles untersuchen werden. Ich zu meinem Teil will nicht verdächtigt werden.«

Ich kann ihr nicht mehr folgen.

»Susan, was hast du eigentlich genau vor?«

Ich beginne mir Sorgen zu machen.

»Da kommt jetzt noch ein Satz drauf und dann werfe ich ihn später bei Dylan in den Briefkasten. So musst du ihn nicht abgeben und wir werden nicht ver-dächtigt.«

Ah ja. Dazu sage ich lieber nichts mehr. Auch wenn ihr Verhalten noch so durchgeknallt ist, es scheint die beste Lösung zu sein. Ich schaue noch zu, wie Susan vor-sichtig und ohne mit ihren Händen das Papier zu berüh-ren, auf den Umschlag schreibt.

Sie sollten Mitarbeiter wie Frau
Calla besser im Auge behalten.
Ihr Schutzengel

Ich stoße Susan an: »Ihr Schutzengel? Mann du solltest echt weniger Filme schauen. Ich glaube das scha-det dir«, sage ich empört.

Doch als Susan mich anblickt, müssen wir beide laut los lachen.

»Komm wir gehen.«

Sie klingt spitzbübisch und grinst. An diesem Abend bringt Susan mich noch ein Stück nach Hause. Kurz bevor wir in meine Straße einbiegen, verabschiedet sie sich von mir.

»Du gehst jetzt nach Hause, den Rest werde ich erledigen.«

Ich umarme sie zum Abschied und spute mich, um in meine Wohnung zu kommen. Ich bin gespannt, wie sie das machen will. Sie wird es mir aber unter Garantie morgen erzählen. Noch im Eingang lasse ich meine Tasche auf den Boden fallen. Seit Tagen verspüre ich zum ersten Mal ein kleines Hungergefühl. Sofort durchforste ich meinen Kühlschrank und stelle fest, dass ich morgen wohl einkaufen muss. Die Vorräte sind fast alle aufgebraucht.

»Hm, soll ich mir noch etwas kochen?«, frage ich mich selbst.

Eigentlich habe ich da nicht wirklich Lust zu. Es ist schon recht spät. Ich entschließe mich, mir ein Brot zu schmieren. Aus einem der Schränke hole ich einen Teller heraus und halte ihn in meiner Hand fest. Als ich an der Arbeitsplatte stehe fällt mir wieder ein, wie nahe mir Dylan hier gekommen ist. Ich schließe meine Augen. Plötzlich kann ich seinen Duft riechen und fühle seine Berührungen. Als ich wieder zu mir komme, fällt mir der Teller klirrend zu Boden.

»Mist!«

Schnell mache ich alles sauber und schmiere mir endlich eine Stulle. Leise kann ich jemanden draußen rufen hören. Das wird wahrscheinlich Dylan sein. Am besten ist, ich ignoriere das.

»Wer ist denn da?«, er klingt merkwürdig.

Es überkommt mich und ich öffne meine Wohnungstür. Als er ein Geräusch vernimmt, dreht Dylan sich prompt zu mir um.

»Ist alles in Ordnung?«, frage ich ihn.

Sofort versteckt er den Briefumschlag, welchen ich als Susan und mein Werk wieder erkenne, hinter seinem Rücken.

»Ja, alles bestens. Ich wünsche Ihnen eine gute Nacht.«

Das war klar und deutlich. Ich schließe meine Tür. Mein Hunger ist mir schon wieder vergangen, doch ich zwänge mir die Scheibe hinunter. Wenn ich noch länger nichts esse, klappe ich irgendwann zusammen.

Kapitel 5

Endlich. Es ist Freitag. Am Wochenende werde ich nichts tun und mich einfach nur entspannen. Heute muss ich noch einmal ran, noch einmal die quälenden Blicke der anderen ertragen und zum Training. Mir graut es ein wenig davor, wenn ich mich an meinen Muskelkater zurück erinnere. Die freien Tage kommen mir wirklich sehr gelegen.

Auf der Arbeit scheint alles wie gewohnt zu sein. Dylan geht mir aus dem weg und falls wir uns doch ausversehen begegnen, bekomme ich die kalte Schulter gezeigt. Anscheinend hat er es endlich verstanden. Normal sollte mich das freuen. Nun habe ich ja das, was ich wollte. Doch es fühlt sich alles falsch an. So sollte es nicht sein. Normal hätte ich mit ihm zusammen sein sollen.

Den halben Tag unterdrücke ich meine Tränen und beiße mich durch. Die Sache mit dem Stick scheint keinerlei Folgen gehabt zu haben. Wahrscheinlich wusste er das auch alles schon oder es ist ihm egal. Nach der Mittagspause bekommt jeder Mitarbeiter eine interne E-Mail zugeschickt.

Sehr geehrte Mitarbeiter/innen,
ich werde mich die nächsten zwei
Wochen in der Agentur, in der
Schweiz befinden. In dringenden
Notfällen können Sie mich dort in
meinem Büro erreichen. Ihnen
allen ein schönes Wochenende.
Mit freundlichen Grüßen
Dylan Harper

Das ist wie ein tiefer Schlag in die Magengegend. Ja, ich wusste, dass er nicht dauerhaft hier ist. Aber irgendwie habe ich verdrängt, dass er auch wieder geht. Ohne es zu wollen bin ich zutiefst betrübt und bringe den Tag nur noch notgedrungen zu Ende. Das Training überstehe ich mehr schlecht als recht und Markus fragt mich direkt, was bei mir los ist. Ungern möchte ich mit einem fast Fremden über mein Befinden reden, daher versuche ich ihn zu beruhigen und sage nur, dass es heute ein stressiger Tag auf der Arbeit war.

Nach einer schönen, heißen Wanne rufe ich bei meinem Vater an. Wir haben schon so lange nicht mehr miteinander gesprochen. Er weiß gar nicht, was bei mir im Moment los ist. Auch mit ihm mag ich nicht sonderlich gerne darüber reden, aber ich kann ihn nicht ignorieren. Ich werde ihm einfach nur im Groben alles berichten. Es reicht, wenn er weiß, dass ich mich von Dylan getrennt habe, weil es einfach nicht passt. Er versucht mich zu trösten und irgendwie habe ich das Gefühl, dass er leicht enttäuscht darüber ist. Zu Weihnachten hat er sich mit Dylan tatsächlich sehr gut verstanden.

»Dann schau doch, dass du uns bald ein Wochenende besuchen kommst. Ich bezahle dir auch das Zugticket. Wir würden uns wirklich sehr darüber freuen und du könntest auf andere Gedanken kommen.«

Ich verspreche ihm, dass ich mich erkundige, ob ich einen Freitag frei bekommen kann, damit sich der Besuch auch lohnt. Das Wochenende ist grauenvoller als ich gedacht habe. Ich habe einfach zu viel Zeit an Dylan zu denken und ihn zu vermissen. Irgendwie fühlt es sich so an, als wäre ich ein einziger Haufen, der aus Schmerz besteht. Die gesamten zwei Tage bin ich damit beschäftigt mein Handy zu beschwören, dass er mir doch schreiben soll und zu weinen. Es gab nur eine Stunde in der ich einigermaßen gefasst war. Als ich am Samstag einkaufen musste. Allerdings habe ich nur das Nötigste besorgt. Das hätte ich sonst alles nicht bis zu meiner Wohnung tragen können.

Als die neue Woche beginnt scheint alles noch schlimmer zu werden. Schon in der Früh fühle ich mich recht unwohl. Eigentlich sollte ich es doch gut finden, wenn er für zwei Wochen weg ist. So komme ich leichter über die ganze Sache hinweg. Susan und ich quatschen sehr viel miteinander und immer wann es nur geht, versucht sie mich abzulenken. Sie hat mit ihrer Art da echt ganz gute Chancen und sie scheint nicht so schnell aufzugeben, wenn sie sich etwas vorgenommen hat. Ich bewundere und schätze das sehr an ihr.

»Sag mal, sollen wir heute Abend mal zusammen aus gehen?«

Ich ziehe eine Schnute.

»Mir ist nicht so nach feiern.«

»Dann gehen wir halt ins Kino. Du musst mal aus deiner Wohnung raus«, versucht sie mich zu überzeugen.

Ich werde so langsam ungeduldig und stimme letztendlich mit einer Handbewegung zu. Sie würde mich ja sonst eh nie in Frieden lassen.

»Gut, dann gehen wir direkt nach Feierabend.«

Und punkt siebzehn Uhr steht sie freudestrahlend in meiner Tür. Genervt fahre ich mit meiner Hand durch mein Haar.

»Ja, ich bin schon unterwegs. Was gucken wir denn?«

Wie ich es schon befürchtet habe, es ist ein Thriller. Hoffentlich kommt sie dabei nicht auf noch mehr dumme Ideen. Gemeinsam betreten wir das Kino und es kommt mir sofort ein lieblicher Geruch nach Popcorn entgegen. Dieser süßliche Duft zieht mich förmlich an. Der Boden des Kinos ist komplett mit einem roten Teppich ausgelegt. Die Wände sind vertäfelt und lassen das Kino sehr gemütlich und einladend wirken. Susan stellt sich, während ich die Umgebung noch betrachte, an der Schlange an und besorgt uns Popcorn und etwas zu trinken. Unsere Plätze befinden sich recht zentral, in der Mitte.

»Ich finde das sind die besten Plätze, die es gibt. Du bekommst keine Nackenstarre und brauchst kein Fernglas.«

Ich muss kichern. Ja sie hat damit tatsächlich Recht. Um uns herum wird die Beleuchtung gedimmt und die ersten dumpfen Bässe dröhnen aus den Lautsprechern, während eine Werbung über die Leinwand flimmert. Mein kleines Herzchen wummert aufgeregt in der Brust. In meinem Leben war ich nur zwei Mal in einem Kino. Der Film selber ist eigentlich ganz spannend, doch das Drumherum macht ihn erst perfekt. Im Anschluss nehme ich Susan noch mit zu mir. Ich bin froh, dass sie mir Gesellschaft leistet. Ich habe in den letzten Stunden kaum an Dylan denken müssen. Aber als sie nach Hause geht, überkommt es mich doch wieder. Ich verkrieche mich in mein Bett und nehme meinen kleinen Schnuff ganz fest in meinen Arm.

»Du bist immer für mich da. Was würde ich nur ohne dich machen?«

Meine Nacht ist sehr unruhig. Ununterbrochen wälze ich mich von links nach rechts. Ich kann ihn einfach nicht vergessen. Alles in meiner Wohnung riecht nach Dylan. Nach einer fast schlaflosen Nacht stehe ich wie gerädert auf. Mir ist übel und ich fühle mich ganz schlapp. Nicht, dass ich mir doch etwas eingefangen habe, als ich durch den Regen gerannt bin. Ermattet schleppe ich mich zur Agentur. Kaum dass ich die Eingangstür aufstoße und mir ein Schwall warmer Luft ins Gesicht schlägt, knicken meine Beine weg. Zum Glück ist noch jemand hinter mir, der mich halb auffängt bevor ich falle.

»Geht es Ihnen gut? Sie sehen so blass aus.«

Er klingt etwas besorgt.

»Dankeschön. Ja es ist alles gut.«

Misstrauisch schaut er mich an und lässt mich dann meiner Wege gehen. Ich brauche erst mal einen Tee, damit sich mein Magen beruhigt. Wenn nur der Kreislauf nicht so sehr im Keller wäre. Mühevoll widme ich mich heute meiner Arbeit. Es sollen noch die Szenen für den Werbespot geschrieben werden und ich muss schauen, welcher Mitarbeiter dafür Zeit hat. Susan kümmert sich derweil um die Verträge und setzt sich mit der Rechtsabteilung zusammen. Ich mühe mich durch die Stunden der Arbeit und bin froh, als ich wieder zu Hause ankomme. Wenn es nicht besser wird, sollte ich glaube ich einmal zu einem Arzt gehen.

Auch den Mittwoch und den Donnerstag schleppe ich mich eher notgedrungen durch den Tag. Meinem Magen scheint es wieder etwas besser zu gehen, aber der Kreislauf will immer noch nicht so wie ich. Ich habe mir in der Apotheke schon Traubenzucker geholt, damit es etwas gemildert wird. Zum Glück ist dieses schwummrige Gefühl nicht durchgehend, sondern kommt nur bei schnellen Bewegungen. Vielleicht habe ich mir beim Training ja einen Nerv eingeklemmt.

Als ich heute zur Arbeit komme, bin ich viel zu spät dran. Ich erstarre, als ich die Agentur erreiche. Da ist Dylan und neben ihm stehen zwei Polizeibeamte. Auf dem Haltestreifen sind drei Wagen der Beamten geparkt. Was geht denn hier ab? Ist es etwas wegen Kalle? Nein, das kann nicht sein. Die wären dann doch zu uns nach Hause gekommen und nicht zur Arbeit. Nicht das Dylan etwas verbrochen hat. Oder sollten sie etwa wegen Melania da sein? Mein Magen zieht sich zusammen und mein Herz rutscht mir in die Hose. Ich mache vorsichtige Schritte auf sie zu und sehe Dylan fragend an.

»Guten Morgen, Zoe. Bitte gehen Sie in Ihr Büro und warten dort«, er wirkt streng und ich frage gar nicht erst, warum.

Nervös sitze ich auf meinem Stuhl. Worauf soll ich denn warten? Zittrig krame ich mein Handy aus der Handtasche und schreibe Susan eine Nachricht.

Guten Morgen. Was ist denn hier
los?

Doch ich warte vergebens auf eine Antwort. Plötzlich fliegt mit einem lauten Knall meine Bürotür auf und Dylan, sowie einer der Beamten treten in mein Büro ein. Heftig zucke ich zusammen und ich spüre, wie es sich in meinem Kopf zu drehen beginnt.

»Zoe, der Beamte wird Ihnen nun einige Fragen stellen. Bitte beantworten Sie diese.«

Dylan sieht sehr angespannt aus. Seine sonst so faszinierenden Augen sind nur noch kalt und leer. Da ist keinerlei Wärme oder Leuchten mehr zu finden. Ich nicke ihm zu, während ich aufstehe. Das hätte ich wohl nicht machen sollen. Ich schwanke leicht und muss mich an der Tischkante festhalten. Der Polizist sieht mich an.

»Ist bei Ihnen alles in Ordnung?«, will er misstrauisch wissen.

»Ja. Ist nur der Kreislauf, wahrscheinlich brüte ich eine Erkältung aus.«

Abschätzend sieht er mich an, doch beginnt dann direkt.

»Wann haben Sie Frau Calla das letzte Mal gesehen?«

»Oh, da muss ich kurz nachdenken. Ich meine das war letzten Mittwoch oder Donnerstag.«

Meine Stimme klingt nervös.

»Haben Sie sonst etwas Seltsames beobachten können, in Bezug auf Frau Calla?«

Ich sehe ihn verwirrt an und möchte wissen, wie er das genau meint.

»Ob Sie gesehen haben, dass Frau Calla sich irgendwo unbefugt aufgehalten oder sich selbst ungewöhnlich den anderen Mitarbeitern gegenüber verhalten hat.«

»Ähm nein. Das würde ich nicht sagen. Sie war genauso, wie immer.«

»Danke, falls Ihnen doch noch etwas einfallen sollte, dann melden Sie sich bitte bei uns.«

Der Beamte drückt mir ein Kärtchen in die Hand und ich nicke ihm nur zu. Langsam setze ich mich auf meinen Stuhl. Dylan dreht sich noch einmal zu mir um und geht dann hinaus. Oh Gott. Das was Susan und ich gefunden haben, scheint wirklich sehr schwerwiegend zu sein. Von Susan habe ich immer noch keine Antwort. Da oben muss mehr Action sein, als hier unten. Ob ich wohl mal eben hoch huschen kann? Die Neugier lässt mich nicht mehr los. Ach, was soll schon passieren. Es ist doch normal, dass man bei so einem Aufgebot wissbegierig wird. Ich springe auf und stürme um meinen Schreibtisch herum. Genau in dem Moment als ich die Tür aufreiße, steht Dylan vor mir und ich knalle ungebremst in ihn hinein. Diese ungewollte Berührung fühlt sich wie ein kräftiger Stromschlag an. Er durchfährt meinen gesamten Körper und eine unglaubliche Wärme breitet sich in mir aus.

Reflexartig schlingt er einen Arm um mich, weil ich zu wanken beginne. Als ich jetzt in seine Augen schaue, kann ich für den Bruchteil einer Sekunde alles sehen. Sein Leid und all seine Liebe, welche er für mich empfindet. Wir verharren in dieser Position länger als gewöhnlich. Ich merke, dass sich Tränen auf den Weg machen wollen, aber ich kämpfe gegen sie an.

»Zoe, Sie sehen sehr schlecht aus. Waren Sie schon bei einem Arzt?«

Dass er mich siezt tut so unglaublich weh. Bei jedem Mal zerfetzt es mich aufs Neue.

»Nein. Es wird schon gehen«, sage ich, während ich meinem Blick abwende.

»Dann nehmen Sie jetzt Ihre Sachen und ich bringe Sie. Die Polizei ist hier fertig.«

»Nein. Das ist nett, aber ich brauche wirklich keinen A...«

»Zoe!«, der Befehl war deutlich.

Verwirrt schnappe ich meine Jacke und Tasche und gehe mit Dylan zu seinem Auto. Ich weiß genau, dass ich durchdrehe, sobald ich von seinem Duft umhüllt werde. Als sich die Türen schließen, öffne ich vorsichtshalber das Fenster ein Stück und drehe meinen Kopf zur Seite. Obwohl ich Dylan nicht ansehe, spüre ich immer wieder seine Blicke auf mir. Als seine Stimme ertönt fahre ich leicht zusammen.

»Seit wann geht es dir schon schlecht?«

Er klingt das erste Mal wieder sanftmütig.

Ich schnaube leicht: »Ich kränkle seit Dienstag. Wahrscheinlich, weil ich letztens meinen Schirm vergessen habe.«

»Und dann warst du noch nicht bei einem Arzt?«, jetzt wird er irgendwie vorwurfsvoll.

»Nein, war ich nicht. Ich war mit anderen Dingen beschäftigt«, wie dich vermissen, weinen, trauern.

Doch das spreche ich nicht laut aus. Als wir an der Arztpraxis halten, geleitet er mich hinein.

»Ich warte im Warteraum auf dich.«

Es ist leer in der Praxis und ich darf direkt nach der Anmeldung durch, in das Behandlungszimmer. Die Ärztin wirkt sehr freundlich. Sie scheint um die Vierzig zu sein und ist sehr gepflegt. Ihre langen, blonden Haare hat sie zu einem Pferdeschwanz zusammen gebunden.

»Hallo, Petzgen mein Name. Setzen Sie sich und sagen mir, was Sie zu mir führt.«

Ich mochte Ärzte noch nie, dafür habe ich zu viel Schlimmes mit ihnen erlebt. Meine Hände werden schon alleine nur bei der Begrüßung feucht und ich reibe die Handflächen über meine Hose.

»Ja, eigentlich ist nichts Schlimmes. Es wird nur eine Erkältung sein.«

Sie schaut mich wortlos an und wartet darauf, dass ich ihr meine Symptome beschreibe. Ich rattere ihr meine Beschwerden so schnell es geht herunter, damit ich endlich aus diesem Behandlungszimmer raus komme. Währenddessen tippt sie alles auf einer Computertastatur eifrig mit.

Als sie kurz aufschaut, fragt sie gelassen: »Schwanger sind Sie nicht?«

Meine Kehle schnürt sich zu und meine Atmung wird immer schneller.

»Nein. Nein, das ist nicht möglich«, entgegne ich ihr gequält.

»Warum ist das nicht möglich?«

Ich kneife kurz meine Augen zusammen und rede dann weiter.

»Ich hatte einige Operationen und kann nicht mehr schwanger werden.«

Der Klang meiner Stimme wirkt befremdlich auf mich.

»Ah, verstehe. Man hat Ihnen also die Gebärmutter entfernt.«

Die Ärztin sieht mich mitleidig an und ich schüttle meinen Kopf.

»Nein, das nicht. Aber es ist etwas schief gegangen.«

Sie scheint kurz zu überlegen, denn mit den kleinen Brocken, welche ich ihr vor die Füße werfe, kann sie nicht sehr viel anfangen.

»Wir machen dennoch eben einen Schnelltest. Gehen Sie bitte zur Toilette und geben dann den Becher im Labor ab.«

Sie reicht mir einen durchsichtigen Plastikbecher und schickt mich direkt los. Angespannt sitze ich kurz darauf wieder in dem Behandlungszimmer und warte auf die Ärztin. Als sie herein kommt, kann ich an ihrer Mine nicht ablesen, ob das gut oder schlecht ist.

»Ja Frau Felter. Es sieht ganz danach aus, als hätten sich die Ärzte geirrt.«

Mir fällt alles aus dem Gesicht. Das geht nicht. Das darf nicht sein. Was soll ich denn nun machen? Ich kann doch nicht zu Dylan gehen und sagen, *Hey ich bin schwanger*. Um mich herum scheint alles einzustürzen. Die Ärztin spricht weiter, aber es erreichen mich nur Satzfetzen.

»... Allgemeinmediziner. Sie müssen ... gehen. Ich ... Überweisung.«

Wie in Trance stehe ich auf und gehe zurück zur Anmeldung. Dort bekomme ich noch einen Zettel in die Hand gedrückt. Ich bin nicht mal in der Lage, ihn mir anzusehen. Gerade als ich ihn in meine Tasche wandern lassen will, kommt auch Dylan schon auf mich zu. Ich bringe es nicht fertig ihn anzusehen. Er nimmt mir das Papier aus der Hand und hilft mir in meine Jacke. Beim Hinausgehen stützt er mich leicht unter meinem Arm.

»Und, ist alles in Ordnung bei dir?«

Doch ich antworte ihm nicht. Der Schock sitzt zu tief. Erst als wir wieder am Auto sind beginnt mein Gehirn seine Arbeit wieder aufzunehmen. Scheiße! Er darf nicht auf die Überweisung sehen. Ich stürze mich auf ihn und will sie ihm entreißen, doch genau diese Reaktion macht ihn so neugierig, dass er einen Blick darauf wagt. Meine Hand sinkt hinab und ich kann sehen, wie es in ihm arbeitet. Erst kräuselt sich seine Stirn, dann spannt sich sein Kiefer an und seine Augen hasten zwischen dem Wisch und mir unentwegt hin und her.

»Kannst du mir das erklären?!«

Tränen schießen mir in die Augen. Nein zur Hölle. Ich verstehe es ja selbst nicht. Aber ich bringe kein einziges Wort heraus. Meine Stimme ist verstummt.

»Ich bringe dich jetzt direkt zu einem Gynäkologen und dann klären wir das nachher Zuhause«, brummt er zwischen zusammen gebissenen Zähnen hindurch.

Stumm und spannungsgeladen geht die Fahrt weiter. Beim Frauenarzt lasse ich die, für mich schmerzhaften, Untersuchungen über mich ergehen. Ich verstehe nicht was der Arzt mir erklärt, denn ich mag ihm überhaupt nicht zuhören. Ich will einfach nur hier weg. Ganz weit davon laufen. Tapsig stehe ich auf und verlasse den Raum, doch als ich am Empfang vorbei gehen will, werde ich aufgehalten.

»Warten Sie, Frau Felter. Sie bekommen noch etwas mit«, ruft mir die Dame hinter dem Empfangstresen zu.

Sie reicht mir ein kleines, blaues Heft. *Mutterpass.* Ich nehme es und stopfe alles wütend in meine Tasche. Am Auto sehe ich Dylan, wie er ungeduldig auf mich wartet. Da kann ich jetzt gerade nicht einsteigen. Ich gehe schnurstracks an ihm vorbei. Nur ein wenig Zeit zum Nachdenken. Mehr brauche ich nicht.

»Zoe warte!«, und prompt umgreift seine Hand meinen Arm.

Ohne Protest sehe ich ihn mit verweinten Augen an. Er führt mich zu seinem Wagen zurück und bringt mich Heim. In meiner Wohnung angekommen befiehlt er mir schon fast, mich zu setzen. Für Gegenwehr fehlt mir in diesem Augenblick die Kraft. Ich versuche immer noch zu verstehen, wie das gehen soll? Die Ärzte haben mir ganz klar gesagt, dass ich auf keinen Fall noch mal schwanger werden kann. Wie können die mir etwas mit solch einer Gewissheit sagen und dann stimmt es nicht. Hätten sie dann nicht *fast unmöglich* sagen müssen? Ich beobachte Dylan. Er stiefelt in meinem Wohnzimmer aufgebracht hin und her. Fassungslos fährt er sich durch sein Haar. Er scheint um Worte zu ringen, doch dann prescht es aus ihm heraus.

»Ist es von mir?«

Ich reiße meine Augen weit auf. Von wem denn sonst du Trottel?

»Zoe!«, er klingt ungehalten.

»Ja verdammt!«, schnauze ich ihn an.

Was denkt der denn? Glaubt der echt, dass die Gerüchte in der Firma stimmen? Na bravo. Herzlichen Glückwunsch. Er tigert weiterhin auf und ab.

»Wie weit bist du?«

Schulterzuckend fixiere ich einen Punkt auf dem Boden, denn ich kann ihm das nicht beantworten. Dem Arzt konnte, nein wollte ich nicht zuhören. Ich könnte ihm nur einen ungefähren Zeitraum nennen, nämlich den, in welchem wir Sex hatten. Er reißt mir das Heft aus den Händen und blättert wie wild darin rum.

»Verdammt ich kann damit nichts anfangen. Warum hast du dem Arzt nicht zugehört. Das sollte doch nicht schwierig sein!«, brüllt er und tippt wie wild auf seinem Handy herum.

Ich bin erschüttert und frage mich was er da macht, doch es dauert nur einige Augenblicke bis ich es erfahre.

»Ok. Laut dem Rechner bist du Ende der fünften Schwangerschaftswoche. Ich kümmere mich um einen vernünftigen Arzt«, spricht er verbissen zu mir.

Da ist wieder dieser unüberwindbare Kloß in meinem Hals. Ich kann fühlen, wie die Panik sich durch meinen gesamten Körper frisst. Meine Stimme ist die pure Verunsicherung.

»Einen vernünftigen Arzt für was?«

Seine Augen stieren mich mit einer Härte an, die ich nicht kenne.

»Na, du willst es doch nicht behalten.«

Bitte was? Der glaubt doch wohl nicht, darüber bestimmen zu können. Ich weiß es ja selber nicht, aber das werde ich entscheiden und nicht er. Wie kann er nur so sein? Ich habe ihn ganz anders kennen gelernt. Ich habe ihn vor Melania beschützt und das soll der Dank dafür sein? Meine Fäuste ballen sich ganz automatisch zusammen und durch jede einzelne Faser scheint Wut zu strömen.

Ich deute langsam mit meinem Finger auf die Tür und spreche ganz ruhig.

»Raus. Verschwinde aus dieser Wohnung.«

Doch Dylan beeindruckt das recht wenig.

»Zoe, du musst doch selbst sehen, dass es nicht wirklich andere Möglichkeiten gibt.«

»Sieh zu, dass du Land gewinnst und das ganz, ganz schnell!«, feixe ich.

Aber als er auch darauf hin nicht reagiert werfe ich ihm alles, was ich in Griffnähe habe entgegen.

»Verpiss dich. Ich will dich nie wieder sehen!«

Tränen schießen mir aus den Augen und ich zittere am ganzen Leib. Ich bin wütend und so sehr von ihm enttäuscht. Verbittert zieht er den Rückzug an und ich sinke weinend zu Boden. Was soll ich nur machen? Ich stehe das nicht noch einmal durch. Ich nehme das kleine Heft vom Wohnzimmertisch und schaue es mir an. Der errechnete Termin wäre am zweiten September. Meine Augen verharren auf das Ultraschallbild. Man kann da tatsächlich schon etwas erkennen. Es sieht aus, wie eine kleine Erdnuss. Ganz winzig klein, aber es ist vorhanden. Unbewusst streiche ich mir über meinen Bauch und halte meine Hand darüber.

»Was soll ich nur machen?«, frage ich in den Raum hinein, aber niemand kann mir darauf eine Antwort geben. Ich schalte den Fernseher ein und lasse mich ohne hinzusehen einfach nur beschallen.

Kapitel 6

Das gesamte Wochenende liege ich einfach nur herum und gehe alle Möglichkeiten durch, die ich habe. Mein Handy ignoriere ich. Mit Sicherheit ist es Dylan, der mich dazu drängen will das Kind abzutreiben. Darauf kann ich echt verzichten. Wahrscheinlich hätte er anders reagiert, wenn er alles wüsste. Aber dazu kam es ja leider nicht. Unerwartet schellt es an meiner Tür. Wer mag das denn auf einem Sonntag sein? Ich schaue zum Fenster hinaus, doch da steht niemand. Komisch. Auch als ich durch den Türspion linse kann ich niemanden erkennen. Zögernd öffne ich die Tür einen kleinen Spalt. Da liegt ein riesiger Strauß roter Rosen auf der Fußmatte. Ich hebe ihn perplex auf und bringe ihn in meine Küche. Mit geschlossenen Augen rieche ich an einer der Blütenköpfe. Sie duften wundervoll und intensiv. Als ich sie in eine Vase stecke, fällt mir eine kleine weiße Karte entgegen.

Bitte vergib mir, ich war ein Idiot.
Dylan

Mein Herz hüpft aufgeregt in meiner Brust. Diese Geste ist so niedlich, aber dennoch steht seine Forderung im Raum. Noch während ich die Rosen verträumt betrachte, beschließe ich das Kind zu behalten. Es ist für mich ein Geschenk. Nach all den vorherigen Schwangerschaften ist diese aus Liebe entstanden. Irgendwie fühlt es sich so an, als wäre das Kind eine Gabe an mich. Laut der Ärzte ist es ja unmöglich. Wieso sollte ich diesem Leben dann die Chance nehmen, zu entstehen? Nein. Ich werde es bekommen. Dafür brauche ich auch keinen Dylan. Wenn er es nicht will, dann soll er sich einfach raus halten. Meine Lippen lassen sich zu einem kleinen Grinsen hinreißen.

»Wir schaffen das schon. Ich weiß zwar noch nicht wie, aber wir bekommen das hin«, sage ich zu dem kleinen Wesen in meinem Bauch.

Gerade als ich überlege was ich mir zu Essen machen könnte, schellt es erneut an der Tür. Ich öffne sie wieder erst nur einen Spalt und da steht eine Tüte mit einer weißen Schachtel drin. Es riecht köstlich. Als ich sie in der Wohnung auspacke liegt ein Zettel darunter.

Guten Appetit euch beiden

Dylan hat etwas beim Chinesen bestellt, es duftet herrlich und sieht köstlich aus. Sofort schnappe ich mir eine Gabel. Ich schlinge es förmlich hinunter. Irgendwie kommt es mir so vor, als wenn ich seit Wochen nichts mehr gegessen hätte. Pappsatt schnappe ich mir doch endlich mein Handy und schaue nach, wer mir was geschickt hat. Es sind zig Nachrichten nur von Dylan.

Wenn du dich beruhigt hast reden
wir noch mal.

Die kam direkt nachdem ich ihn rausgeschmissen
habe an.

Das mit gestern tut mir leid. Ich
war nur so geschockt. –
Zoe bitte, lass uns reden. –
Es tut mir leid –
Ich wollte nicht über dich
bestimmen, das war nur der erste
Schock –
Bitte verzeih mir...

Ich habe nicht wirklich Lust dazu, mich mit ihm zu
unterhalten. Zeit, ich brauche Zeit für mich. Auch muss
ich darüber nachdenken, was ich wegen Melania unter-
nehme. Das jetzt hat alles geändert. Und wenn sie mich
noch so sehr aus seinem Leben haben will, Dylan und
ich werden immer auf eine Art miteinander verbunden
bleiben. Dagegen kann auch sie nichts machen. Der Tag
neigt sich allmählich dem Ende und seltsamer Weise
geht es mir besser. Sicher bin ich traurig und vermisse
Dylan, habe dazu noch neue Probleme, aber Susan
scheint Recht zu haben. Es wird irgendwann wieder besser.

Heute Früh steht Dylan vor meiner Wohnungstür und wartet auf mich. Er sieht göttlich aus in seinem Anzug und mit seiner wüsten Frisur. Hoffnungsvoll schaut er mich an. Wie gerne würde ich ihm jetzt um den Hals fallen. Doch so lange ich nicht sicher sein kann, dass Melania nichts macht, kann ich meinen Gefühlen nicht nachgeben.

»Guten Morgen. Danke für die Blumen und das Essen.«

Er nickt grinsend und will dann wissen, ob wir los können.

»Dylan. Das ist lieb von dir, aber ich werde laufen. Das Kind wird nichts an der momentanen Situation ändern. Und ja, ich werde es behalten«, sage ich gefestigt.

Ich mache auf dem Absatz kehrt und laufe direkt los. Einige Meter kann ich noch Dylans Blick spüren, dann wird es eisig kalt. Ich atme die kühle Luft tief ein und gehe gemütlich weiter. Zu schnelle Bewegungen darf ich immer noch nicht machen. Dann sorgt die kleine Erdnuss dafür, dass mir schwindelig wird.

Auf der Arbeit scheint wieder alles beim Alten zu sein. Der Aufruhr von Freitag ist weitestgehend abgeklungen und man hört nur noch zwischendurch ein paar Wenige tuscheln. Klar, sie können auch nicht über all zu viel reden, denn niemand weiß etwas Genaues. Wie gewohnt schalte ich meinen Computer ein und direkt springt eine interne E-Mail auf.

Oh. Wahrscheinlich ist das wegen dem Vorfall. Ich bin gespannt, was er sagen will. In meinem Postfach sehe ich noch eine weitere Nachricht. Diesmal ist sie von Susan.

Huhu, kannst du gleich bitte in
mein Büro kommen? Ich brauche
noch einige Details wegen der
Verträge.

Direkt mache ich mich auf die Socken. Ich habe das lieber sofort vom Tisch. Mann, heute braucht der Fahrstuhl aber ewig. Ungeduldig tippe ich immer wieder auf den Rufknopf. Es macht Bing und als ich hinein treten will, spüre ich eine warme, große Hand in meinem Rücken. Am liebsten würde ich genau jetzt die Zeit einfach anhalten und dieses wohlige Gefühl noch ein wenig länger auskosten. Im Aufzug stelle ich mich hinten links in die Ecke. Genau als sich die Türen schließen, macht Dylan einen Satz auf mich zu. Er ist bedrohlich nahe und stützt sich mit seinen Händen beiderseits meines Kopfes an die Wand.

Nur wenige Zentimeter trennen unsere Gesichter voneinander. Tief schaut er mir in meine Augen und es beginnt in meinem Inneren zu brodeln. Meine Wangen laufen rot an, bei den verruchten Gedanken, welche mir gerade durch den Kopf schießen. Seine Lippen sind so nah an meinen. Ich müsste mir nur einen Ruck geben und ein Stückchen auf ihn zugehen. Er riecht so betörend wie immer und meine Hormone spielen verrückt. Ohne es zu bemerken, beiße ich stumm auf meine Lippe. In seinen Augen blitzt etwas auf, das ich vermisst habe. Er neigt seinen Kopf an mein Ohr und flüstert etwas hinein.

»Mehr brauche ich nicht zu wissen. Jetzt atme weiter.«

Ein freches Grinsen legt sich auf seine samtweichen Lippen, als er sich wieder ein wenig auf Abstand begibt.

Ich habe nicht gemerkt, dass meine Lungen ihre Arbeit eingestellt haben. Dieser Reflex hat sich augenscheinlich kurz eine Pause gegönnt. Viel zu sehr war ich mit der Erscheinung dieses wundervollen Mannes beschäftigt. Wie meinte er das eigentlich, dass er nicht mehr zu wissen braucht? Verträumt sehe ich ihn an bis ich registriere, dass er vor meiner Nase rum fuchtelt. Ich schüttle meinen Kopf und komme wieder zu mir.

»Möchtest du im Aufzug übernachten oder magst du aussteigen?«

»Äh … ja, nein. Ach du weißt schon«, grummle ich.

Dylan beginnt zu lachen. Hat er mich gerade tatsächlich wieder geduzt? Ich verstehe das einfach nicht mehr. Was wollte ich eigentlich überhaupt hier oben? Angestrengt krame ich in meinem Oberstübchen. Ach ja. Ich sollte zu Susan ins Büro kommen. Als ich gerade klopfe ruft sie mich auch schon rein. Sie hält mir einige Mappen vor die Nase.

»Hi. Lies mal eben drüber, ob das so stimmt«, sagt sie freudig.

Ihre positive Art ist immer wieder erfrischend und reißt einen direkt mit. Ich kann mir ein Lächeln nicht verkneifen und frage sie nach dem Grund.

»Ist etwas passiert, dass du so gut Laune hast?«

Sie spitzt ihre Lippen: »Nö. Ich glaube nicht. Und bei dir?«

Verwirrung macht sich bei mir breit. Ich habe nicht vor, ihr jetzt etwas von den Neuigkeiten zu verraten.

»Nein, nicht wirklich. Aber wie du sagtest, es wird mit der Zeit besser.«

Nun sitze ich bereits eine halbe Stunde bei ihr im Büro und sie kommt mit immer neuen Fragen zu der Kampagne und den Verträgen. Ich habe nicht gewusst, dass es da so viel zu beachten gibt. Ununterbrochen trudeln Anrufe oder E-Mails rein, welche sie beantworten muss. Diese kleinen Störungen sind sehr nervig, wenn man versucht sich auf etwas zu konzentrieren.

»Hast du noch mehr Projekte, an denen du arbeitest?«, frage ich sie erstaunt.

»Ja, da gibt es noch zwei weitere. Aber ich muss eigentlich nicht viel machen. Meist werde ich nach bestimmten Daten oder Dokumenten gefragt und ich muss ihnen die raussuchen und weiterleiten. Quasi bin ich dort das Mädchen für alles«, kichert sie.

»So, nun bist du erst mal entlassen. Ich habe für heute alles was ich wissen muss.«

Susan befördert mich schon praktisch aus ihrem Büro hinaus. Heute ist sie wirklich seltsam. Aber gut, sie wird vermutlich unter Zeitdruck stehen. Da werde ich sie nicht von der Arbeit abhalten. Doch bevor ich die Tür schließe ruft sie mir noch etwas nach.

»Es ist zwar noch etwas hin, aber halte dir Freitagabend mal frei.«

»Wird gemacht. Hab ja zur Zeit eh nichts anderes vor«, entgegne ich wehmütig.

»Denk dran. Kopf hoch, Krönchen richten und dann weiter.«

In Gedanken versunken gehe ich zu meinem Büro zurück. Susan sagt das so einfach. Wahrscheinlich ist es das auch. Bestimmt mache ich alles nur unnötig schwer. Aber es gibt da halt Dinge, die niemand wissen muss. Nur noch ein paar Stunden und dann kann ich endlich Feierabend machen. Irgendwie fühle ich mich total erschlagen und würde liebend gerne meine Füße hoch legen.

Doch Irgendetwas steht da auf meinem Schreibtisch. Ein kleines, weißes Päckchen, mit einer grünen Schleife darum. Direkt oben auf liegt eine wunderschöne, weiße Lilie. Das kann nur von Dylan sein. Hat er die Sachen aus Zufall so gewählt oder ist das so gewollt? Die Farbe Grün, als Zeichnen der Hoffnung und die weiße Lilie als Zeichen der Liebe und Hoffnung? Nein. Das wird glaube ich nur Zufall sein. Neugierig beäuge ich das kleine Geschenk von allen Seiten, so als würde es mir verraten was es versteckt, wenn ich es nur lang genug anstarre.

Vorsichtig löse ich die gebundene Schleife und schiebe das Band hinunter. Aufgeregt hebe ich den Deckel an und zum Vorschein kommt ein Pergamentpapier. Mit zitternden Fingern schiebe ich es an die Seite. Zwei weiße Babyschuhe stehen nebeneinander in der Schachtel. Oh mein Gott. Die sind so winzig und so unglaublich niedlich. Ich halte meine Hand vor meinen Mund und mir entweicht ein freudiger Seufzer.

»Gefallen sie dir?«, reißt mich eine raue Stimme aus meiner Euphorie.

»Sie, sie sind so winzig«, wispere ich.

Unsicher macht er einen Schritt auf mich zu und sieht mich prüfend an.

»Zoe, bitte lass uns von vorne beginnen. Ich will nicht ohne dich leben.«

Meine Unterlippe beginnt zu zittern. Wie gerne würde ich einfach nur *Ja* schreien. Aber ich kann es nicht.

»So sehr ich das auch will, es geht nicht. Ich darf nicht ...«, mir versagt die Stimme und meine Lippen formen nur noch ein tonloses ›mit dir zusammen sein‹

Enttäuscht lässt er seinen Kopf hängen und sagt beim Rausgehen zu mir: »Dann warte ich auf meinen Schutzengel.«

Ich falle beinahe vom Stuhl. Woher weiß er das? Hat Susan es ihm verraten? Sofort greife ich zum Hörer und wähle ihre Nummer.

»Hallo Zoe. Wie kann ich dir helfen?«, fragt sie freundlich.

Ich hingegen bin eher ein wenig forsch.

»Hast du Dylan gesteckt, dass wir das mit Melania waren, dass wir ihm den Stick zukommen lassen haben?«

»Was? Nein! Wieso?«, ihre Stimme klingt so fassungslos, wie ich mich fühle.

Kurz erkläre ich ihr, was passiert ist.

»Hui. Da wüsste ich jetzt auch mal zu gern, woher er das weiß. Sind hier irgendwo versteckte Kameras, die man nicht sehen kann?«

Sofort blicke ich mich um.

»Ich glaube nicht. Aber wenn sie versteckt angebracht sind, dann ist es ja auch Sinn und Zweck, dass man sie nicht sieht.«

»Ja, stimmt auch wieder. Oder kann man am USB Stick sehen, an welchem Rechner er zuletzt eingesteckt war?«

»Pft, da fragst du ausgerechnet mich, die absolut keinen Plan davon hat.«

Stille herrscht zwischen uns beiden, doch dann spricht Susan weiter.

»Ich glaube du erfährst es nur, wenn du mit ihm sprichst.«

Ja, das befürchte ich auch. Aber dann wird er auch Erklärungen von mir einfordern. Erklärungen, die ich ihm so nicht geben kann. Aber vielleicht sollte er es wissen. Zumindest den Teil, indem es um Melania geht.

Wahrscheinlich hat er Verständnis dafür, dass ich über das andere nicht reden kann. Ich habe es ja nicht mal probiert. Es wäre doch möglich, dass er mich wie so oft mit seinen Reaktionen überrascht. Mit einem Blick

auf die Uhr beende ich das Gespräch. Wir haben in fünfzehn Minuten Feierabend. Schnell schalte ich den Computer aus und packe meine Unterlagen zusammen. Ich
eile nach draußen und stelle mich neben das Auto von
Dylan. Er will reden, dann reden wir also. Ich bin so aufgeregt, dass ich nicht ruhig stehen bleiben kann. In meinem Kopf versuche ich mir schon die Sätze parat zu legen, doch es gibt ein einziges Chaos in meinen Synap-
sen. Jede Minute schaue ich erneut auf die Uhr an meinem Handy. Wir haben bereits kurz nach fünf. Sonst ist
er doch immer so pünktlich. Als um zwanzig nach noch
immer keine Spur von ihm zu sehen ist, ringe ich mich
durch ihm eine Nachricht zu schicken.

Willst du heute keinen Feierabend
machen? Es ist so langsam etwas
frisch hier draußen und wir beide
frieren.

Es dauert keine zwei Minuten und er kommt mit
großen Schritten auf mich zugelaufen. Seine Augen
funkeln und sehen mich so von Hoffnung erfüllt an,
dass ich nicht mehr gegen mich ankämpfen kann und
will. Ich falle ihm um den Hals und drücke ihn so fest es
geht an mich. Ich höre wie er tief Luft holt und spüre
gleich darauf seinen heißen Atem an meinem Hals.
Mein Gesicht vergrabe ich so tief es geht an seiner Schulter. Diesen Moment muss ich auskosten. Ihn wieder zu
spüren ist unsagbar schön. Nach einigen Minuten höre
ich seine Stimme.

»Zoe. Dann lass uns. Wärmer wird es hier draußen nicht.«

Er öffnet mir, charmant wie immer, die Beifahrertür und hilft mir beim Einsteigen.

»Sollen wir gleich etwas zusammen essen? Worauf hast du Hunger?«

»Äh, eigentlich habe ich nicht wirklich Appetit. Vielleicht später. Erst kommt der unangenehme Teil«, versuche ich gefasst zu sagen und wippe nervös mit meinem Fuß auf und ab.

Dylan schaut mich unsicher an und ich kann sehen, dass er ein kleines Bisschen Muffensausen bekommt. In meinem Kopf versuche ich mir schon eine Art Schlachtplan zurecht zu legen, doch so wirklich komme ich mit mir auf keinen perfekten Anfang. Soll ich direkt mit der Tür ins Haus fallen? Oder soll ich ihn langsam auf alles vorbereiten? Ich mache mir Sorgen, wie er darauf reagieren wird.

Ja, ich habe schon regelrecht Angst davor. Die Anspannung, welche in mir wächst wird immer unerträglicher. Unser erstes Gespräch war schon sehr hart, doch diesmal wird es die Hölle sein. Ob auch für ihn weiß ich nicht, aber für mich auf jeden Fall. Hoffentlich stehe ich das durch.

Kapitel 7

Achtlos lege ich meine Jacke über die Lehne von dem schwarzen Küchenstuhl und sage Dylan, dass wenn er Whiskey oder sonstiges zu Hause haben sollte, er sich ein Glas holen soll, weil es wirklich unschön wird. Seine Augen werden immer größer, doch er glaubt mir und macht sich vorsichtshalber auf den Weg.

Mittlerweile scheint er mich zu kennen und weiß, dass es kein Pappenstiel werden wird. Wenn er das Ausmaß des Gespräches kennen würde, dann wäre er nicht so überrascht. Rasch ist er mit einem gut gefülltem Glas wieder zurück. Misstrauisch und erwartungsvoll setzt er sich auf die Couch, doch ich gehe wie ein gefangenes Tier unentwegt auf und ab. Meine Beine können jetzt einfach nicht still halten und ich muss mich irgendwie abreagieren, damit ich das alles aussprechen kann. Ich kaue ängstlich auf meinen Nägeln, die endlich in den letzten Tagen wieder einigermaßen nachgewachsen waren.

»Zoe, bitte setz dich zu mir«, bittet Dylan mich und wirkt dabei unruhig.

Doch ich kann nicht. Ich weiß nicht wie.

»Nein, das kann ich nicht. Ich weiß nicht mal, womit ich das alles beginnen soll. Ich habe bisher noch nie mit jemanden, außer mit einer Person darüber gesprochen. Und dieses eine Mal habe ich nichts als Ablehnung und Verachtung entgegengebracht bekommen. Und das Aktuelle ... Es ist auch nicht wirklich besser.«

Wirr streiche ich meine Haarsträhnen aus dem Gesicht. Meine Haut fühlt sich schwitzig an, so als wenn man bei einer Erkältung leichtes Fieber hat. Meine Gedanken fliegen kreuz und quer und meine Emotionen fahren Autoskooter. Ein Gefühl rammt das andere weg.

Ich muss da jetzt durch. Am besten ist es, wenn ich ihm zuerst die Mappe zeige. Der Rest wird dann hoffentlich von alleine durchbrechen, weil ich mich rechtfertigen will. Ja, so werde ich es machen.

»Warte bitte einen Moment«, sage ich und verschwinde in meinem Schlafzimmer.

Aus dem Kleiderschrank krame ich die versteckte Kladde von Melania raus und übergebe sie mit zitternden Händen Dylan.

»Die hat Melania mir gegeben und - mir gedroht ich solle dich verlassen oder es würde so, wie es dort steht an die Presse gehen. Da ich dir nicht schaden wollte, bin ich ihrer Forderung nachgekommen. Das was dort steht, es ist alles gelogen«, sage ich so schnell ich kann, damit meine Stimme nicht verstirbt.

In mir spielt alles verrückt. Ich könnte gerade schreien, weinen und lachen. Alles zur gleichen Zeit. Jede noch so kleine Reaktion von Dylan beobachte ich. Aber jetzt gibt es kein Zurück mehr. Ich habe gerade den Stein ins Rollen gebracht und da muss ich irgendwie durch. Seine Mimik verändert sich stetig, so dass ich die

Reaktionen nicht wirklich einfangen kann. Wenn ich doch nur in seinen Kopf schauen könnte. Zumindest ein Wort könnte er ja dazu sagen, doch er bleibt stumm und sieht sich alles ganz akribisch an. Ein Schauer der Gänsehaut jagt den nächsten. Seine Augen starr auf die Mappe gerichtet, beginnt er zu sprechen.

»Und das wollte sie so raus geben?«

Meine Finger verhaken sich ineinander, bis es schmerzt. Ich fühle wie sich die Nägel in meine Handinnenflächen graben.

»Ja. Und ... und ich wollte nicht, dass sie dir schadet. Ich l - liebe dich doch. Wie kann ich da zu lassen, dass du w - wegen mir leidest?«

Die ersten Tränen an diesem Abend brennen heiß und salzig auf meiner Haut, als sie mir aus den Augenlidern kullern und ich weiß, es werden nicht die letzten sein. Dylan streckt seine Hand zu mir aus, doch ich schüttle harsch mit meinem Kopf, so dass meine Haare wild durcheinander wirbeln.

»Nein, das kann ich jetzt nicht. Erst, wenn du alles weißt und das dann immer noch willst.«

Ich blicke traurig in den wundervollen blauen Spiegel seiner Seele. Meine Angst ist extrem groß. Aber ich kann nicht sagen, wovor ich so eine Panik habe. Ist es, weil ich alles noch einmal durchleben muss? Ist es weil ich mich schäme oder habe ich einfach nur Angst, dass er mich danach nicht mehr wiedersehen will? Seine Augen schaffen es tatsächlich mich ein klein wenig zu beruhigen, bevor ich ganz den Verstand verliere. Mit brüchiger Stimme und abgehackter Atmung rede ich weiter.

»Ich, ich habe dir ja schon gesagt, dass meine Mutter Kalle kennen gelernt hat, als - als ich zehn Jahre alt war. Ich habe dir auch gesagt, dass er ... seine Macht gegen mich ausgespielt hat.«

Sein Blick ruht auf mir und er nickt einmal kurz. Doch Dylan unterbricht mich nicht und ich bin sehr froh darüber. Ich glaube nicht, dass ich sonst die Kraft hätte, weiter zu erzählen.

»Von da an - wurde ich mindestens einmal die Woche ... von ihm vergewaltigt.«

Auf seine Reaktion, auf dieses Martyrium, welches er gerade erfährt, kann ich nicht mehr achten. Ich habe die größte Mühe, die schrecklichen Bilder in Schach zu halten, damit ich mich nicht übergeben muss. Mein Körper bebt bei jedem Wort und ich kann den mir wohlbekannten Geschmack von Galle in meinem Mund vernehmen. Meine Zähne mahlen übereinander, um den Würgereiz zu unterdrücken.

»Es war schrecklich. So sehr ich mich auch gewehrt, geschrien und ihn angefleht habe doch auf zu hören, er hat nicht von mir abgelassen. Kalle hat mich immer Engelchen genannt und meinte, wir müssen uns wie Erwachsene unterhalten. I - ich habe mich meiner Mutter an - anvertraut, doch s - sie hat mir nicht geglaubt. Sie, sie hat gedacht ich lüge und hi - hinterher, als sie es doch mitbekam, hat sie es nicht interessiert. Sie h - hat mich nie beschützt.«

Mein Schluchzen übertönt fast gänzlich meine Worte, die nur noch einen unverständlichen Brei ergeben.

Ich muss tief durchatmen, um mich wenigstens etwas zu sammeln.

»Immer wieder wurde ich ... schwanger. Drei Abtreibungen musste ich erleben und, und ich hatte zwei Fehlgeburten. Die, die Erinnerungen und die Bi-bilder, sie lassen mich einfach nicht in Ruhe. M - meine Mutter und K - Kalle haben mich immer ins Ausland gebracht, damit sich u - um das Problem gekümmert wird. Ich habe keine Ahnung wo sie das Geld dafür her hatten, doch s-sie haben es immer zusammen bekommen. Bei der l – letzten Abtreibung ist etwas schief ge - gegangen. Die Ärzte sagten mir, d - dass ich nie wieder schwanger werden k - kann. Ich wurde immer mit Schmerzmitteln vollgepumpt, da - damit ich die Qualen des Metzgers einigermaßen aushalten konnte. Nie, nie hat einer der Ärzte mir geholfen. Alles wurde i - immer vertuscht. M - mit vierzehn war ich kurz davor ... mir das Leben zu nehmen. Ich konnte es nicht mehr ertragen. Ich wollte einfach nichts mehr fühlen. Doch i - ich habe mich dermaßen mit Alkohol abgeschossen, d - dass ich dazu nicht mehr in der Lage war«, meine Stimme bricht erneut ab und ich sacke laut weinend zusammen, bis ich wie ein Häufchen Elend auf dem Boden hocke.

In meiner Kehle brennt es unerträglich und sie beginnt sich zu zuschnüren. Mittlerweile geht mein Atem nur noch stoßweise und viel zu schnell. Wenn es so weiter geht hyperventiliere ich noch, aber gerade finde ich keinen Weg, um wieder runter zu kommen. Mein Gesicht vergrabe ich tief in meinen Händen. Ich schäme mich so sehr dafür. Dylan soll mich jetzt nicht sehen, aber ich kann mich hier nirgendwo verstecken. Ich spüre seinen Blick auf mir. Er fügt mir unsagbaren Schmerz zu.

»Ich ... ich wollte das alles nie. Das - das was Melania sagt ... es ist gelogen. Ich w - weiß nicht wie sie an Kalle k - kam. Es tut mir so leid.«

Panisch zucke ich für einen Augenblick zusammen. Dylans warme Hände umschließen meine Taille und heben mich sachte hoch. Er hilft mir auf die Couch und schließt mich in eine enge Umarmung. In mir macht sich der Drang breit zu flüchten, mich aus dieser Umklammerung zu lösen. Diese Nähe ist verdammt schwer zu ertragen. Doch ich wehre mich nicht. Da ist noch ein Gefühl unter meiner Angst, welches mich anzieht und allmählich etwas ruhiger atmen lässt. Ich erhasche einen Blick auf den Wohnzimmertisch und sehe, dass das zuvor noch gut gefüllte Whiskeyglas komplett leer ist. Ich höre, wie er tief einatmet und etwas sagen will, doch er verstummt noch im Ansatz. Nach einigen Minuten versucht er es erneut.

»Dir muss nichts, rein gar nichts leidtun«, brummt er.

Plötzlich bricht die poröse Mauer in meinem Kopf und ich werde von den Bildern, von damals nur so überflutet. Krampfartig zieht mein Magen sich zusammen und ich breche abrupt aus seiner Umarmung aus. Hals über Kopf stürme ich in mein Badezimmer. Mit einem lauten Scheppern reiße ich den Klodeckel auf, bevor ich mich übergebe. Ich kann diese Szenen in meinem Schädel nicht mehr ertragen. Sie scheinen mich in Stücke zu reißen. Am liebsten würde ich sie mir mit einem Messer aus dem Kopf schneiden. Vor Wut, Ekel und Hass Kalle und mir gegenüber, schlage ich mir immer wieder gegen die Stirn. Irgendwie müssen sie doch verschwinden.

»Es soll endlich aufhören. Ich ertrage das nicht mehr!«

Ich stoße einen lauten, verzweifelten Schrei aus und sacke heulend in mir zusammen. Dylan steht neben mir und versucht mich, so gut es geht zu beruhigen.

»Scht. Alles wird gut. Er wird dir nie wieder etwas tun.«

Er hockt sich neben mich und ich kralle mich mit meinen Händen an seinem Shirt so fest, bis meine Fingerkuppen wehtun. An seine Brust gepresst schreie und weine ich den restlichen Schmerz aus mir heraus, bis jegliche Kraft aus meinem Körper weicht und ich nur noch zum Schluchzen fähig bin. Dylan scheint genau zu wissen, was ich in diesem Moment brauche. Er zieht mich behutsam aus und setzt mich vorsichtig in die Wanne. Mit der Brause duscht er mich mit wohlig, warmen Wasser ab.

Woher weiß er, dass ich mich dreckig fühle und alles abschrubben will? Ich vertraue ihm so sehr, dass ich mich einfach ergebe und ihn machen lasse. Eine andere Möglichkeit habe ich auch nicht wirklich, denn mein Körper ist wie paralysiert. Im Anschluss trocknet er mich gründlich ab und trägt mich in mein Bett. Er wickelt mich komplett in mein Oberbett ein, so als wäre ich in einem Kokon. Ich fühle mich in diesem Augenblick so sicher. Müde und erschöpft, aber sicher. Dylan hat nichts weiter dazu gesagt. Was denkt er jetzt über mich? Wird er mich verachten? Ich muss es wissen.

Mit den letzten Reserven frage ich ihn mit nur noch einem Hauch meiner Stimme: »Kannst du mich noch lieben?«

Dylan nimmt mich direkt in seine Arme, so als wolle er mich nie wieder los lassen.

»Ich werde euch beide auf ewig lieben.«

Ich spüre noch einen sanften Kuss auf meinem Scheitel, bevor ich ermattet einschlafe.

Kapitel 8

Es ist später Vormittag, als ich meine Augen öffne. Der gestrige Abend hat so sehr an meinen Nerven gezerrt, dass ich diesen langen Schlaf bitter nötig hatte. Es war zwar eine zermürbende Nacht, mit quälenden Alpträumen und Panikattacken, doch Dylan ist mir nicht eine Minute von der Seite gewichen. Er hat mich jedes Mal wieder zurückgeholt. Ich drehe meinen Kopf nach rechts und schaue in sanfte, tiefblaue Augen.

»Guten Morgen mein Schatz.«

Seine Stimme ertönt warm und ruhig. Ich blicke mich um. Irgendetwas riecht hier sehr appetitlich.

»Rieche ich Brötchen?«, frage ich noch verschlafen.

Dylan steht kurz auf und reicht mir ein Tablett von seinem Nachttisch herüber. Er hat ein wundervolles Frühstück gezaubert. Ein Brötchen, bei dem eine Hälfte mit Wurst und die andere mit Käse belegt ist, eine kleine Schale mit gewürfeltem Obst, ein Ei und ein Tee lachen mich an.

»Hmm. Und das ist alles für mich?«, mir läuft bei dem Anblick das Wasser im Mund zusammen und das trotz des aufgewühlten Drecks.

»Nein, ein wenig musst du teilen«, schmunzelt er, während seine Augen zu meinem Bauch wandern.

Nachdem ich mich satt gegessen habe sehe ich, dass Dylan leicht unruhig wirkt.

»Ist bei dir alles in Ordnung?«, meine Stimme klingt ein bisschen piepsig.

Dylan fährt sich mit der Hand durchs Haar und sieht mich besorgt an.

»Wegen gestern ... darf ich etwas dazu fragen oder sagen?«

Ich schlucke. Eigentlich will ich es weiterhin vergessen, aber es ist nur natürlich, dass er das nicht einfach so schlucken kann, was ich ihm vor die Füße geworfen habe. Daher nicke ich verschüchtert.

»Wenn ich gewusst hätte was dir passiert ist, ich hätte nicht ...«

Meine Augen werden groß und ich unterbreche ihn.

»Nicht mit mir geschlafen?«

Dylan nickt.

»Nein, es war ... Am Anfang war es seltsam und ich hätte nicht gedacht, dass ich deine Nähe ertrage. Aber ich fühle mich bei dir sicher und der Sex, er war wunderschön. Ich hätte es nie für möglich gehalten«, auf meine Augen legt sich ein verträumter Schleier.

»Irgendwie hat es sich so angefühlt, als wenn deine Berührungen die von Kalle auslöschen.«

Dylans Lippen berühren sanft die Knöchel meiner Finger.

»Du hast es nie jemanden, außer deiner Mutter erzählt? Also auch nicht der Polizei?«

Mein Kopf sinkt herab.

»Nein. Mir hätte es doch niemand geglaubt und ich habe mich zu sehr geschämt.«

»Ich weiß das hört sich jetzt hart an, aber du musst eine Therapie machen. Du brauchst jemanden der dir einen Weg aufzeigen kann, das alles zu verarbeiten. Wir werden einen passenden Therapeuten für dich finden, zu dem du Vertrauen aufbauen kannst.«

Wie ein verschrecktes Tier weiche ich ein Stück zurück. Panik versucht mich zu übermannen und ich schüttle energisch mit meinen Kopf.

»Nein! Ich will nicht mehr darüber reden.«

Dylan umschließt meine Hand und redet leise auf mich ein.

»Nicht jetzt sofort. Aber du brauchst Hilfe. Alles nur in dem Tempo, wie du es aushalten kannst. Ich will, dass es dir besser geht.«

Ich schlucke, aber stimme ihm wortlos zu. Doch dann kommt eine Frage in mir auf. Ich schaue ihn neugierig an.

»Sag mal, warum hast du mich Schutzengel genannt?«

Er legt seinen Kopf leicht auf die Seite und grinst mich frech an.

»Haben du und Susan mich nicht gewarnt?«

Ich zucke unschuldig mit den Schultern und spitze meine Lippen.

»Ich habe wirklich keine Ahnung wovon du sprichst.«

Sein Grinsen wird breiter.

»Laut meinen Nachforschungen wart ihr die Letzten, welche die Agentur verlassen haben. Wir haben im Eingang eine Kamera. Und ich kann an den Computern, wenn der Verlauf nicht geleert wurde, die letzten Aktionen überprüfen. Irgendwie war mir, als wären an deinem Rechner mir bekannte Dateien geöffnet worden. Aber das war wahrscheinlich alles nur Zufall.«

»Ja. Alles nur Zufall«, sage ich ohne ihn direkt anzublicken.

Dylan drückt mir stramm einen Kuss auf meine Schläfe und ich muss kichern.

»Was wird jetzt wegen Melania geschehen? Was wenn sie ihre Drohung nun wahr macht?«, frage ich, weil die Besorgnis mich nicht in Ruhe lässt.

»Mach dir keinen Kopf darum. Sie wird uns nicht auseinander bringen. Jetzt gerade ist sie eh zu beschäftig, als dass sie sich wegen irgendetwas an die Presse wenden könnte.«

Mit großen Augen starre ich ihn an.

»Wie meinst du das, sie ist zu beschäftigt?«

Sein Tonfall wird ernster.

»Sie darf sich derzeit mit etlichen Befragungen und Anwälten herumschlagen. Die fristlose Kündigung hat sie bereits erhalten. Wenn sie Glück hat, dann kommt sie mit einer Geldstrafe davon. Ich denke darum wird sich dann ihr Vater wieder einmal kümmern. Wenn sie großes Pech hat, dann kann sie sogar eine Haftstrafe dafür verbüßen. Das entscheidet sich aber alles im Laufe der Ermittlungen und Verhandlungen. Ich denke das wird sich noch ein bis zwei Jahre hinziehen. Die Gerichte sind meines Wissens nach sehr überlaufen.«

»Ah. Ok«, mehr kann ich dazu nicht wirklich sagen.

Gefängnis hört sich doch schon sehr hart an. Aber wenn ich an das Gespräch wegen der Putzstelle zurück denke, dass ich selbst da einen Wisch zur Verschwiegenheit unterzeichnen musste. Ich hätte nie gedacht, dass die Folgen doch so hart sein können. Ich schrecke aus dem Bett auf.

»Mein Gott, wie spät ist es?«, kreische ich schon beinahe.

»Wir haben halb elf, warum?«, verdutzt sieht er mich an, während ich wie eine Irre durch die Wohnung renne und mich in Windeseile fertig mache.

»Mach schon. Ich habe um zwölf mit Susan und dem Videoproduzenten ein Meeting. Ich muss noch die Unterlagen zusammenstellen.«

Dylan versucht nicht mal, mich davon abzubringen heute zu arbeiten und ist wie immer in Lichtgeschwindigkeit fertig. Irgendwann muss ich hinter sein Geheimnis kommen, wie er das nur anstellt. Als wir aus der Tür treten wollen, reicht er mir einen Becher. Perfekt. Einen Kaffee kann ich jetzt gut gebrauchen. Ich setze ihn an meine Lippen und freue mich schon auf diesen tollen Geschmack. Enttäuscht sehe ich während des Trinkens zu Dylan.

»Auf Kaffee wirst du wohl verzichten müssen. Kamillentee ist perfekt für euch«, zwinkert er mir frech zu.

»Na toll. Sag mal, hast du dir in der Nacht Schwangerschaftsratgeber reingezogen?«

Lachend schüttelt er den Kopf.

»Nein, das nicht. Aber wenn man zu diversen Familienveranstaltungen viele schwangere Frauen dabei hat, die einem alles haarklein von A bis Z erzählen, dann bleibt etwas im Hinterkopf hängen.«

»Klugscheißer«, zische ich und er prustet los.

»Na das kann ja noch heiter werden.«

Amüsiert schiebt er mich zum Wagen.

Es ist schon fast halb zwölf, als wir endlich an der Agentur ankommen. Gerade als ich los stürmen will, ruft Dylan mich zurück. Verwirrt drehe ich mich um. Habe ich etwas vergessen? Mit nur wenigen Schritten hat er mich eingeholt und ich fühle das gewohnte, heiße Brennen in meinem Rücken. Mich durchläuft ein Schauer und ich bemerke wie gut es sich anfühlt nicht alleine hinein zu gehen. Die Blicke der anderen Angestellten deuten auf Verwunderung hin. Zum Glück fällt kein böses Wort. Ich glaube auch nicht, dass in der Richtung noch etwas kommen wird. Die Giftspritze Melania ist Geschichte. Mein Herz jubelt vor Siegesfreude.

Tja, hättest du mich mal in Ruhe gelassen. Zwar habe ich wegen dir gelitten, doch alles bekommen was dir verwehrt bleibt, denke ich. Mit einem leisen Lächeln auf den Lippen mache ich mich an die Arbeit und bereite umgehend alles vor. Susan treffe ich erst im Aquarium und sie schaut mich neugierig an.

»Irgendetwas ist anders«, sie tippt sich mit dem Zeigefinger auf ihre Lippen.

Perplex wirble ich herum. Man kann doch noch überhaupt nichts sehen. Das dauert doch noch Monate. Wie automatisch blicke ich an mir herunter und mein Arm gleitet unbewusst über meinen Bauch. Susan runzelt die Stirn. Das gefällt mir nicht. Ich mag es nicht so gemustert zu werden, das lässt mich immer unsicher werden und ich trete nervös von einem auf den anderen Fuß.

»Äh. Wie bitte?«, krächze ich.

Sie läuft einmal um mich herum und begutachtet mich von allen Seiten. Dann tut sie so, als würde sie an mir schnuppern.

»Hey, was machst du?«, ich wirke gereizt und weiche ihr aus, obwohl ich das eigentlich nicht will.

Susan klatscht lachend in ihre Hände.

»Nur so eine Vermutung von mir, aber bist du ...«

»Pst. Das weiß noch keiner. Bisher weiß es nur Dylan. Ich habe keine Ahnung, ob wir es überhaupt erzählen bis ein Bäuchlein zu sehen ist«, ermahne ich sie.

»Ok. Ich glaube wir reden hier von zwei verschiedenen Dingen. Was meinst du genau?«, sie fuchtelt bei ihren Worten mit den Händen.

Ich muss kurz überlegen. Wenn sie meint wir reden von etwas anderem, was könnte sie denn dann meinen? Ich muss mich irgendwie aus der Situation retten, doch Susan wartet nicht wirklich auf meine Antwort.

»Eigentlich wollte ich nur wissen, ob ihr wieder zusammen seid. Du strahlst eindeutig Verliebtheit aus.

Aber nun denke ich eher, dass du versuchen wolltest mir etwas zu verheimlichen.«

Sie zieht eine Schnute. Mensch, ich kann ihr nichts vormachen, wenn sie mich so anschaut. Ich glaube nicht, dass Dylan etwas dagegen haben wird, wenn ich es ihr sage. Sie ist doch schließlich meine einzige Freundin. Ich mache einen Schritt auf sie zu, damit auch kein ungewollter Zuhörer etwas mitbekommen kann.

»Wir bekommen ein Baby«, flüstere ich in ihr Ohr.

Sie kreischt freudig auf und fällt mir um den Hals. Die anderen Mitarbeiter müssen denken, wir haben sie nicht mehr alle.

»Aber sag das keinem! Niemanden! Nicht einmal deinem Kuscheltier! Ich muss dich sonst töten.«

Susan lacht aus voller Kehle.

»Ich habe kein Kuscheltier. Ich freue mich so für euch. Aber mach dir keine Gedanken, meine Lippen sind versiegelt.«

Während der letzten Worte fährt sie mit Daumen und Zeigefinger über ihren Mund, als wolle sie einen Reißverschluss zu ziehen.

»Aber ich werde dich nachher mit Fragen löchern, das ist dir doch klar oder?«

Das Meeting verläuft zwar mit kleineren Diskussionen, aber zum Schluss kommen wir alle auf einen Nenner und müssen nun nur noch auf den Drehtag warten. Das ist alles so aufregend und spannend. Der restliche Tag ist schneller um, als man gucken kann. Gegen Feierabend schleicht Susan sich in mein Büro und beginnt nun tatsächlich damit, mich auszufragen. Zum Glück steht nicht wesentlich später Dylan in der Tür, um mich abzuholen. Ich bin ihm für die Erlösung so dankbar, denn Susan hat mir Fragen gestellt auf die ich noch keine Antworten habe. Wie das Kinderzimmer aussehen wird, wo wir leben werden, ob ich weiterhin arbeiten gehe oder nach dem Projekt aufhöre. Darüber habe ich mir bisher keine Gedanken gemacht. Im Auto spreche ich das Thema aber direkt an.

»Sag mal, Susan hat mich vorhin gelöchert und ein paar Fragen aufgeworfen, die nun in meinem Kopf geistern.«

Nervös spiele ich an meiner Handtasche herum. Dylan sieht zu mir auf und brummt nur kurz als Zeichen, dass ich weiter sprechen soll.

»Wo werden wir leben? Kann ich nach dem Projekt auch weiterhin noch in der Agentur arbeiten?«

Dylan sagt eine ganze Weile nichts, so als müsse er selbst erst darüber sinnieren. Erst als wir fast ankommen, dringt seine Stimme in mein Ohr.

»Möchtest du denn weiterhin in der Agentur arbeiten?«

Hastig nicke ich mit meinem Kopf. Ich liebe diesen Job.

»Dann wirst du natürlich weiterhin deinem Job nachgehen können. Das mit dem Wohnen ... Ich habe keine Wahl, ich muss mich in jeder Agentur zwischendurch blicken lassen. Aber ich denke, wir werden da schon eine Lösung finden. Wo möchtest du denn Leben?«, seine Stimme ist sanft, nicht so bestimmend wie sonst.

Doch irgendwie schwingt Betrübtheit mit in der Frage. Ich sehe ihm an, dass er nervös ist. In meinem Kopf bilden sich direkt diverse Szenarien, wie man das regeln könnte. Aber eine Antwort finde ich nicht darauf.

»Wir besprechen das alles ganz in Ruhe. Wir waren doch schon an dem Punkt, dass du mit mir mitkommst«, grinst er mich an und nimmt meine Hand.

Gerade als wir in die Wohnung eintreten überfällt er mich auch schon wieder mit unerwarteten Plänen.

»Am Freitag müssen wir für das Wochenende einmal in die Schweiz reisen. Ich habe dort einen wichtigen Termin am Samstag und ich würde dir gerne zeigen, wie ich dort lebe.«

Abrupt bleibe ich stehen. Es stimmt, ich kenne bisher nur seine Wohnung hier. Ich bin wirklich gespannt und freue mich schon richtig. Verträumt sehe ich ihn an und nicke nur.

»Gut, dann werden wir noch ein paar warme Sachen für dich kaufen müssen. Dort liegt nämlich haufenweise Schnee.«

Bei dem Wort Schnee geht mir direkt das Herz auf und ich könnte vor Freude hüpfen. Ich liebe dieses kalte, weiße Zeug so sehr. Noch nie war ich irgendwo, wo viel Schnee liegt. Dylan beobachtet meine Reaktion und ist sichtlich erleichtert, als er mein Strahlen bemerkt. Er hebt seine Hand und streicht mir zärtlich mit den Fingern über meine Wange. Ich schließe meine Augen und sofort breitet sich ein wohliges Prickeln in meinem Körper aus. Wie lange ist es her, dass ich ihn wirklich gespürt habe. Ich brauche seine Berührungen, wie die Luft zum Atmen.

Seine Hand umschließt meinen Nacken fester und er zieht mich näher zu sich heran. Meine Brust ist an seinem wohl geformten Oberkörper gepresst und ich merke selbst durch unsere Anziehsachen, was er für eine Hitze ausstrahlt. Er scheint mich verglühen zu wollen. Meine Hände umschlingen seinen Hals, während Dylan seine wundervollen, weichen Lippen auf meine legt. Direkt fordert seine Zunge meine zu einem wilden Tanz der Liebe auf. Immer wieder stößt er neckend mit ihr hervor und umkreist meine.

Ich beiße ihm leicht in seine Lippe, was ihm ein leises, dennoch animalisches Stöhnen entlockt. Seine freie Hand umschließt meine Taille und er schiebt mich ein kleines Stück weiter in den Flur der Wohnung. Mit einem beherzten Fußtritt schubst er die Tür in das Schloss und drückt mich energisch mit meinen Rücken an die Wand. Ich verliere mich in seinen heißen Küssen und genieße, wie seine Hand meinen Körper aufs Neue erforscht.

Dylans Finger gleiten unter meinen Pullover und er streichelt mal sanft, mal etwas gröber über meinen Bauch, hinauf zu meinen Brüsten. Meine Atmung wird immer unkontrollierter und mein Puls rast. In meinem Kopf beginnt sich alles zu drehen. Ich will ihn einfach nur noch spüren, ihn besitzen. Mit Haut und Haar.

Ruppig zerre ich an seiner Jacke, um sie ihm auszuziehen. Er vergräbt sein Gesicht an meinem Hals und bedeckt mit unzähligen Küssen meinen Körper. Sein heißer Atem jagt mir einen kalten Schauer über meinen Rücken. Nachdem endlich die blöde Jacke den Weg nicht mehr versperrt, öffne ich mit ungeduldigen Händen die ersten Knöpfe seines Hemdes. Doch diese kleinen Biester wollen mir den Zugang zu diesem perfekten Körper verwehren. Genervt reiße ich es mit einem kräftigen Zug auseinander und die kleinen Knöpfe fliegen in alle Richtungen ab.

»Da hat es aber heute jemand eilig«, sagt er mit einem frechen Grinsen, während seine Augen vor Lust glühen.

Abrupt halte ich inne und kontere: »Na gut. Wenn du magst koche ich uns dann eben schnell etwas und dann verschieben wir das auf später.«

»Nix da!«, klingt seine raue Stimme in meinem Ohr.

Seine Lippen umschließen wieder meine und er drängt mich ins Wohnzimmer. Unterwegs schlüpfen wir holpernd aus unseren Schuhen und ziehen uns wie voneinander besessen aus. Die Klamotten fliegen wahllos durch die Wohnung. An dem Sofa angekommen, lasse ich mich auf den Rücken fallen und ziehe Dylan mit mir mit. Es ist so verdammt schön seine warme, zarte Haut direkt auf meiner zu spüren. Wenn man seinen durchtrainierten Körper so sieht, lässt es sich nicht erahnen, wie weich und zart er dennoch ist. In mir beginnt ein kleiner Orkan der Gefühle zu toben. Bei jedem

Atemzug vernehme ich seinen ganz eigenen Duft, der mich von der ersten Sekunde an eingelullt hat und er treibt mich immer weiter an. Über seine Augen huscht ein dunkler Schatten. Diesmal weiß ich, was er zu bedeuten hat. Es ist der Ausdruck seiner Lust und Leidenschaft, welche gerade dabei sind ins Unermessliche zu steigen. Seine Liebkosungen reizen mich so sehr, dass sich mein Körper ihm ungewollt entgegen bäumt und nach mehr verlangt.

Quälend langsam wandert er mit seinen Händen über mich hinweg und greift beherzt meine Oberschenkel, um mich näher an die Sofakante zu ziehen. Sofort umschließen meine Beine seine Taille. Seine Hand tastet sich bis zu meinem Zentrum der Lust vor und er umkreist mit perfektem Druck meine kleine Perle. Mein Stöhnen wird lauter und in mir machen sich immer größere Wellen der Erregung auf den Weg. Meine Brust fühlt sich schwer an und in meinem Unterleib zieht sich immer wieder alles aufs Neue zusammen. Ich halte diese süße Qual kaum noch aus.

»Dylan ...«, entflieht es mir, während meine Hände sich in das Polster der Couch krallen.

Plötzlich spüre ich sein ganzes Gewicht auf mir und er dringt mit nur einem Stoß tief in mich hinein. Er scheint mich damit geradewegs in den Himmel zu katapultieren, denn es fühlt sich so an, als würde ich auf Wolken schweben. Mein Körper passt sich seinem Rhythmus an und es scheint, als wären wir Eins. Auf meinem Dekolletee bildet sich ein leichter Schweißfilm und lässt meine Haut glänzen. Dylan blickt zu mir auf.

»Du bist so wunderschön.«

Bei diesen Worten beiße ich mir verzückt auf meine Unterlippe, was Dylan noch mehr erregt. Unser Liebesspiel wird immer intensiver, bis ich von einem unglaublichen Orgasmus überrollt werde.

»Oh Gott, Dylan ...«, schreie ich schon fast.

Mein gesamter Körper ist dabei sich in seine Einzelteile aufzulösen. Während sich meine Scheide immer wieder um Dylans Penis zusammen zieht, folgt auch er mir mit einem lauten, langen Stöhnen.

»Ahh, Zoe ...«

Erschöpft lässt er seinen verschwitzten Körper auf meinen herab sinken und bedeckt mich gänzlich. Völlig außer Atem liegen wir aneinander geschmiegt, bis unsere Herzen im Einklang schlagen. Am liebsten würde ich hier die nächsten Stunden so liegen bleiben. Ich streichle verträumt über seinen Rücken. Dylan erhebt sich wenige Zentimeter und schaut mir mit seinen hypnotisierenden Augen in meine. Es fühlt sich immer noch so an, als würden sie mich in sich hinein saugen und mich nicht mehr aus ihren Fängen entkommen lassen. Wie konnte ich uns beiden das mit der Trennung nur antun? Und dann noch wegen so einem Miststück. Mein Mund fühlt sich plötzlich so trocken an und ich merke, wie sich eine kleine Träne auf den Weg macht.

»Hey, was ist los?«, will Dylan sofort wissen.

Ich zucke nur mit meinen Schultern.

»Nein, so nicht! Wenn dich etwas bedrückt, möchte ich den Grund wissen«, er klingt unnachgiebig.

»Es ist nur ... Es tut mir leid, was ich uns beiden angetan habe.«

Zärtlich küsst er meine Träne weg.

»Dir muss nichts leidtun. Es war zwar nicht die beste Lösung, aber du hast unter Druck gestanden. In Zukunft klären wir so etwas immer gemeinsam.«

Mit meinen Armen ziehe ich ihn in eine feste Umarmung, denn ich finde keine passende Antwort.

Heute ist bereits Freitag. Die restlichen Tage sind wie ein vorbeirauschender Zug davon gesaust. Auf der Arbeit gab es so viel zu tun, dass ich fix und fertig war, als ich endlich in den Feierabend ging. Ich hätte nie gedacht, dass jetzt, nachdem alle Termine feststehen, noch so viel an der Kampagne zu erledigen ist. Nun weiß ich warum wir bis April für alles Zeit haben. Immer wieder kommt jemand um die Ecke und mäkelt an Kleinigkeiten herum. Auch Dylan hat einen Berg an Arbeit. Er verbringt sogar Zuhause die halbe Nacht mit arbeiten. Einiges erledigt er bei mir, für manche Sachen verkrümelt er sich allerdings in seine Wohnung.

Ich nehme an, es geht dabei um die Angelegenheit mit Melania. Gefragt habe ich ihn allerdings noch nicht danach. Dafür habe ich am Wochenende genügend Zeit, wenn wir ein paar Stunden Ruhe und Zweisamkeit für uns haben.

Heute werden wir nicht in die Agentur gehen, denn unser Flieger geht bereits um neun Uhr von Düsseldorf aus. Laut Dylan werden wir etwas über eine Stunde fliegen. Am liebsten wäre er mit dem Auto gefahren, doch er wollte dem Verkehrschaos entgehen, welches das Wetter mit sich bringt. Wieder steigt dieses unbändige

Kribbeln in jeder Zelle meines Körpers auf, wie auch schon bei meinem ersten Flug. Ich finde es klasse förmlich über den Wolken zu schweben. Dennoch habe ich großen Respekt vor den überdimensionalen Maschinen. Dylan wollte uns wieder Plätze in der ersten Klasse buchen, aber ich habe darauf bestanden, dass es normale Plätze sind. Ich will den Unterschied kennen lernen und ihn nicht Unsummen kosten. Sicherlich ist es toll, dass er sich das leisten kann, aber mir behagt es nicht sonderlich.

Ich bin so sehr gespannt. Dylan sagte, wir müssen noch fast eine Stunde bis zu seinem Haus fahren. Ich habe ihn gelöchert wie es aussieht, aber ich habe kein Wort aus ihm heraus bekommen. Auch zu dem Termin hat er mir nur schnell etwas erklärt. Er müsse sich mit seinen Anwälten, wegen einer rechtlichen Sache treffen und er muss persönlich vor Ort sein. Es ist bestimmt wegen Melania. Da wollte ich nicht in der Wunde bohren. So schnell wie der Flieger abgehoben ist, landet er auch schon wieder. Ich hatte kaum Zeit die wunderbare Aussicht zu genießen. Gerne fühle ich mich frei und fern ab von allem. Dylan führt mich durch das Gewirr am Flughafen und schaut am Ausgang auf sein Handy.

»Komm, wir müssen hier entlang«, sagt er, während er mir den Weg nach rechts deutet.

Ich folge ihm und wir gelangen zu einem Parkplatz. Um uns herum liegen kleine Schneeinseln zwischen recht viel Matsche. Es ist schade, dass die befahrenen Straßen immer so dreckig aussehen, wenn es geschneit hat. Gerade als ich Dylan fragen will, warum wir zu diesem Parkplatz laufen, geht er auch schon freudestrahlend auf einem Mann, in einem schwarzen Anzug zu.

»Guten Tag, Herr Harper«, begrüßt dieser ihn.

Er macht einen freundlichen Eindruck. Ich würde ihn jetzt auf Mitte vierzig schätzen, kann es aber nicht genau sagen. Kleine Fältchen umspielen seine Augen, dennoch lassen sie ihn nicht wirklich alt wirken. Eigentlich passen sie sehr gut zu ihm. Sie verleihen ihm etwas sehr maskulines. Seine Haare sind dunkelblond und weisen schon graue Strähnen auf.

»Guten Tag, Alexander«, grüßt Dylan ihn, während wir zu einem schwarzen Geländewagen laufen.

Ich tue es ihm gleich. Irgendwie ist es seltsam. Der Chauffeur nennt ihn beim Nachnamen und Dylan spricht ihn mit dem Vornamen an. Direkt nachdem wir eingestiegen sind frage ich auch nach dem Grund.

»Ich habe ihm schon etliche Male das Du angeboten, doch er möchte von seiner Seite aus beim Sie bleiben. Ich glaube er hat Angst sonst den nötigen Respekt zu verlieren und es nicht mehr als Arbeit anzusehen. Es ist halt kein Beruf wie jeder andere, wo man nach Feierabend nach Hause geht.«

Ich runzle meine Stirn. Muss er etwa rund um die Uhr verfügbar sein?

»Wie meinst du das? Er muss doch auch Feierabend haben.«

Dylan kann sich ein spitzbübisches Schmunzeln nicht verkneifen. Irgendwie komme ich mir gerade ziemlich dämlich vor. Wenn meine Frage schon so lustig ist, muss es dumm von mir sein.

»Er wohnt bei mir. Alexander ist mein Chauffeur und sorgt für meine Sicherheit. Er hat quasi eine kleine Wohnung für sich und seine Familie. Und bevor du nachher überrascht bist, seine Frau Luise, sie ist eine Art Mädchen für alles. Sie sorgt für Ordnung und gelegentlich auch mal für das Essen. Das aber nur, wenn ich Feste veranstalte und die Vorbereitungen nicht alleine schaffen würde.«

Ich glaube mein Gesicht schläft mir ein. Das waren nun wieder wenige Informationen, die zu einem Berg an Fragen führen. Auf meiner Stirn scheint sich ein blinkendes Fragezeichen zu bilden, denn Dylan unterbricht meine Gedankengänge.

»Ja bitte, was möchtest du wissen?«

Er ist wieder so ekelhaft amüsiert über mich. Ich kann das nicht ausstehen und stoße ihn meckernd in die Seite, was ihn lauter lachen lässt.

»Wie groß ist denn dein Haus, wenn Alexander und seine Frau auch dort leben? Was für Feste veranstaltest du denn? Wieso muss er für deine Sicherheit sorgen, bist du in Gefahr? Warum ...«

Mit erhobenen Händen unterbricht Dylan meinen Fragerausch.

»Mach mal langsam. Seit wann bist du so neugierig? Aber um dir alles kurz zu beantworten, mein Haus und Grundstück sind groß genug, dass sie dort wohnen können. Es leben aber auch noch ihr Sohn und die Tochter bei ihnen. Das Mädchen ist elf und der Sohn wird fünfzehn. Mit Festen meine ich Geburtstagsfeiern, Silvester oder einfach eine Grillfeier mit Freunden. Direkt in Gefahr bin ich nicht, nein. Aber wo Geld ist, sind auch Neider und Gauner. Aus diesem Grund habe ich halt einen Chauffeur mit erweitertem Jobprofil«, rattert er mir schnell vor.

Ich spitze meine Lippen und mir rutscht die nächste Frage einfach so heraus, ohne dass ich groß über meine Wortwahl nachdenken kann, so verblüfft bin ich über einen Fetzen seiner Erklärung.

»Was für Freunde?«

Noch in dem Moment wo ich es ausspreche, kneife ich meine Augen zusammen. So einen Mist kann auch nur ich fragen. Natürlich hat auch er Freunde. Nur weil ich sie noch nicht kennen gelernt habe heißt das nicht, dass er keine hätte. Aber jetzt ist es zu spät. Ich sollte ernsthaft über die Schaufel nachdenken, mit welcher ich mir die Löcher grabe. Zwar sind die Fettnäpfchen seit unserer Beziehung weniger geworden, aber dennoch nehme ich sie voll mit, wenn sie mir über den Weg laufen. Dylan lacht schallend los und mir jagt ein kleiner Schauer der Scharm über den Körper.

»Sobald wir Gelegenheit haben, stelle ich dir meine Freunde vor. Es sind tatsächlich nur wenige. Ich denke das kennt aber jeder von uns. Man kann sich auf die meisten einfach nicht verlassen.«

Stumm nickend stimme ich ihm zu. Wobei mir meine damaligen Freunde oft aus der Scheiße geholfen haben. Ich habe mich leider nur nie bei ihnen revanchieren können. In ein paar Monaten sollten meine Schulden weitestgehend abgebaut sein, dann werde ich ihnen nach und nach das geliehene Geld zurückgeben. Sie sollen sehen, dass ich mein Wort halte. Nicht dass der nächste wegen eines gebrochenen Versprechens keine Hilfe mehr erwarten kann. Mein Blick schweift aus dem Fenster des Geländewagens. Die Landschaft ist wundervoll. All die Grünflächen und Bäume sind eingeschneit und unter kleinen, weißen Hauben verborgen. Winzige Eiskristalle zaubern unentwegt ein Funkeln in die Natur und lassen sie als das Besondere erstrahlen, was sie ist.

Zwar stehen auch hier einige Häuser an den Straßen, doch liegen sie recht weit auseinander. Zwischendurch gibt es immer eine kleine Ansammlung von Bäumen und sehr viel landwirtschaftliche Fläche. Ein Acker reiht sich an dem anderen. Es wirkt so friedlich und beruhigend auf mich, ich bin regelrecht losgelöst. Kurz darauf fahren wir direkt durch ein enormes Waldgebiet.

Wo man auch hinschaut, es gibt hier einen Baum nach dem anderen. Schnee liegt hier nur sehr wenig, denn er schafft es gar nicht durch die ganzen Tannen durch zu dringen. Ab und zu blitzen einem kleine, weiße Fleckchen entgegen, doch das war es auch schon. Erst als wir kurz vorm Ausgang sind, ist der Boden wieder weiß bedeckt. So geht es die restliche Fahrt weiter. In der Ferne kann ich die Berge sehen. Es sieht märchenhaft aus. Ich klebe förmlich staunend mit meinem Gesicht an der Autoscheibe.

»Die Landschaft ist atemberaubend schön, nicht wahr?«, höre Dylans Stimme sanft, während er meine Hand mit seiner umschließt.

Ich nicke nur, denn vor lauter Faszination kann und will ich mich gerade nicht unterhalten. Jeden einzelnen Eindruck muss ich verinnerlichen. Dylan deutet mir, dass ich aus dem linken Fenster schauen soll. In einiger Entfernung kann ich einen See erkennen. Je weiter wir fahren, desto größere Ausmaße nimmt er an. Irgendwie scheint er kein Ende nehmen zu wollen und das Ufer kommt immer näher.

Alexander fährt mit uns von der Autobahn ab und wir gelangen in ein Gewerbegebiet. Es gibt wie bei uns Aldi und Lidl, doch auch ein Baustoffhandel und diverse Lager, so wie Hersteller befinden sich hier. Irgendwie zerstört es die prachtvolle Idylle und ich merke, dass das wohlige Gefühl, welches meinen Körper durchflutet hat allmählich abebbt. Zum Glück sind wir nach nur wenigen Minuten wieder raus, aus dieser tristen Ecke und die Landschaft entfaltet sich erneut vor meinen Augen. Da ist der See auch wieder in Sichtweite.

»Können wir vielleicht an dem See spazieren gehen? Muss nicht dieses Wochenende sein, aber ich würde ihn gerne mal richtig sehen«, frage ich verträumt.

Dylan beginnt zu glucksen. Warum, was habe ich jetzt schon wieder dämliches gesagt? Mein Kopf wirbelt zu ihm herum und ich blicke ihn an. Seine Augen glänzen diesmal sogar vor Erheiterung.

»Das werden wir sogar noch heute machen.«

Er ist so amüsiert und wie er drein schaut.

»Wir sind gleich da«, ertönt die Stimme von Alexander, der gerade den Wagen auf einen Weg lenkt, welcher direkt auf den See zuführt.

Erstaunt sehe ich Dylan an und dann wieder aus dem Fenster. Vor mir erhebt sich ein riesiges, weißes Haus. In der schneebedeckten Landschaft fällt es erst sehr spät auf. Es hat nach vorne heraus zwei Balkone. Den Eingang zieren zu den Seiten große Buchsbaumkugeln.

»Zieh dir deine Jacke an. Ich werde dir erst hier draußen alles zeigen«, gibt er von sich und drückt mir einen liebevollen Kuss auf die Wange.

Ich bin so aufgeregt. Mein kleines Herzchen wummert wie verrückt in der Brust. Als ich den ersten Schritt aus dem Wagen mache, spüre ich das Knirschen des Schnees unter meinen Füßen. Dieses Gefühl liebe ich. Jetzt gerade könnte ich Stunden durch die weiße Pracht stapfen. Wie automatisch beuge ich mich herunter und hebe eine Handvoll Schnee auf. Es ist richtiger Pulverschnee.

Ich lasse ihn durch meine Finger zu Boden rieseln und meine Lippen verziehen sich zu einem breiten Grinsen. Ich bemerke aus dem Augenwinkel, wie Dylan jede einzelne meiner Bewegungen und Reaktionen verfolgt. Aber es ist mir egal. Er kennt das alles. Für mich ist es neu und ich genieße jede einzelne Sekunde.

»Das ist wunderschön hier«, bemerke ich beiläufig, während ich mich umschaue.

»Na, du hast doch noch nicht wirklich etwas gesehen, außer die Hausfront«, er zieht schelmisch seine Augenbrauen hoch.

Ich kann nicht anders und schnappe mir etwas Schnee um ihn damit zu bewerfen. Volltreffer. Direkt in den Jackenkragen. Laut lache ich auf, bis auch ich eine Abkühlung verpasst bekomme und quiekend hin und her hüpfe. Dylan reicht mir seine Hand.

»Komm mit.«

Er führt mich um das Haus herum. Was ein großes Grundstück.

»Schau, das alles ist quasi der Garten. Er endet direkt am See. Im Sommer kann man dort auch baden gehen, aber nur im vorderen Bereich. Das kleine Haus dort rechts gehört mir auch. Alexander und seine Familie leben darin.«

Meine Augen folgen seiner Handbewegung, während er mir alles erklärt.

»Direkt dahinter befindet sich ein Bootssteg. Bei schönem Wetter können wir auch gerne eine Runde mit dem Boot fahren«, erzählt er mir voller Euphorie.

Mir klappt die Kinnlade herunter. Ich habe maximal mit einem kleinen Haus gerechnet. Im Vergleich zu seiner Wohnung bei uns ist das hier gigantisch. Nun kann ich verstehen, warum er die meiste Zeit in der Schweiz lebt. Unten am Ufer wachsen rechts und links Bäume, nur die Mitte ist frei. Im Sommer ist es bestimmt wundervoll dort im Gras zu liegen. Das andere Häuschen auf dem Grundstück ist auch in Weiß gehalten und steht ein wenig abseits. Direkt an dem Haus von Dylan gibt es eine große Holzterrasse. Sie ist gänzlich vom Schnee befreit und es sind zwei große Pavillons darauf aufgebaut. Als ich darunter stehe und nach oben blicke, sehe ich, dass sie mit Lichterketten verziert sind.

Auch die kleinen Büsche, welche dekorativ im gesamten Garten gepflanzt sind, zieren diverse Außenlichter. Das muss abends umwerfend aussehen. Jetzt gerade kommt mir meine Gegenwehr von vor einigen Wochen so lächerlich vor. Ich muss eingestehen, Dylan hatte Recht. Es gefällt mir wirklich sehr. Nun zeigt er mir auch das Haus. Der Boden im Eingang ist mit schwarzem Schiefer gefliest. Es steht eine ziemlich große Garderobe auf der rechten Seite und zu meiner Linken hängt ein imposanter Spiegel. Er hat einen Holzrahmen und die geschnitzten Verzierungen schmiegen sich perfekt an das Glas. Er führt mich in der unteren Etage von Raum zu Raum. Sehr viele sind es nicht, denn die Zimmer sind sehr groß. Noch im Flur, auf der linken Seite, befindet sich ein kleines Badezimmer.

»Das ist das Gäste WC«, erklärt er mir, als ich einen Blick hinein werfe.

Ich kannte Gäste WCs bisher nur als beengte Räume, mit einem Waschbecken und einer Toilette. Doch hier hat man massig Platz. Es ist sogar eine geräumige Eckdusche mit eingebaut. Gefliest ist es ganz schlicht, mit weiß-gräulichen Fliesen. Sowohl die Wände, als auch der Boden sehen gleich aus. Lediglich eine verzierte Bordüre schmückt das obere Drittel des Raumes. Direkt hinter dem kleinen Flur befindet sich ein großer, offener Raum. Rechts an der Wand hängt ein Fernseher. Er ist schon fast überdimensional. Wie soll man denn da noch entspannt fernsehen können. Aber er passt irgendwie perfekt in den Raum.

Mit der Lehne zu uns gerichtet, steht eine schwarze Couch in U-Form. Auch sie bietet mehr als genügend Platz. Ich überfliege sie und komme in Gedanken auf zehn Sitzplätze. Wozu braucht man so ein Monstrum? Vor dem Sofa steht ein kleiner Tisch aus Marmor und darunter blitzt mich wieder ein weißer, flauschiger Teppich an. Es scheint so einer zu sein, wie ich ihn in klein, in meinem Wohnzimmer habe. Unter dem TV hängt eine Art Lowboard an der Wand und in der Ecke steht eine breite Vitrine. Ansonsten gibt es hier keinerlei Schränke, in dem Wohnzimmer.

Lediglich ein schöner, mit Ornamenten verzierter Kamin sticht mir ins Auge. Ich glaube es ist unglaublich entspannend, hier an kalten Wintertagen einfach auf der Couch zu liegen und den Flammen bei ihrem Tanz zu zusehen. Hier ist der Boden mit Holz in Eichenoptik ausgelegt. Ich schätze, es handelt sich um Parkett. Der Belag sieht zumindest sehr hochwertig aus und Dylan ist niemand, der auf das Geld achtet. Der Boden verleiht dem Haus die nötige Wärme.

Bilder gibt es auch hier nicht. Wie in seiner Agentur wirken die Wände sehr steril. Auf der anderen Seite des Raumes, befindet sich ein Esstisch. Nun ja, Esstisch ist glaube ich das falsche Wort. Ich würde es eher als Tafel bezeichnen. Es ist Platz für insgesamt zwölf Leute. Der Tisch muss aus einem Stück Holz gemacht sein. Zumindest sehe ich keinerlei Schnittstellen. Die Form ist auch nicht ganz gerade, sondern sie ist Naturbelassen. Er wurde lediglich abgeschliffen und versiegelt, so wie es aussieht. Zwei gigantische Palmen schmücken die hinteren Ecken des Raumes. Sie reichen schon fast bis zur Decke hinauf. Ich frage mich, was das für Pflanzen sind. Bisher habe ich noch nie eine Vergleichbare gesehen. Genau zwischen dem Ess- und dem Wohnzimmer, gibt es zwei große Glastüren. Durch sie gelangt man hinaus auf die Terrasse, welche ich zuvor gesehen habe.

Von dem Esszimmer kommt man direkt links, in die Küche. Auch sie ist nicht wirklich klein. Es ist eine amerikanische Küche, wo es eine Kochinsel in der Mitte gibt. Doch auch hier zieht sich seine Schwarz-Weiß Liebe durch. Der Boden ist ebenfalls mit schwarzem Schiefer gefliest, aber oberflächlich lasiert. Die Küchenschränke, sind wie auch die Wände weiß und die Arbeitsplatte ist wiederum aus schwarzem Marmor. Ein wenig Farbe in seinem Leben würde ihm echt nicht schaden. Sicher sieht das alles wunderbar und edel aus, aber es gibt doch noch mehr, als nur diese kontrastreichen Töne. Ich hätte die Küche nun nicht mit weißen Fronten genommen, oder zumindest die Wände ein wenig in Farbe getaucht. Mittlerweile weckt das meine Neugier.

»Sag mal, du hast eine Werbeagentur und in der Werbung zählt Bunt. Warum ist bei dir fast alles nur in Schwarz-Weiß gehalten?«

Dylan spitzt seine Lippen und macht den Anschein, als müsse er erst über seine Antwort nachdenken.

»Hm, das ist eine gute Frage. Irgendwie finde ich, dass mich das beruhigt. Wie du schon sagtest, in der Werbung ist meist alles kunterbunt. Das möchte ich zu Hause nicht auch noch sehen. Da will ich abschalten können.«

Ich nicke, denn ich kann das irgendwie nachvollziehen. Aber dennoch würde mal ein kleiner Klecks Farbe nicht schaden.

»Komm, ich zeige dir die obere Etage und den Dachboden.«

Gespannt, wie ein kleines Kind, folge ich ihm. Aus dem Flur im Eingangsbereich führt eine Wendeltreppe aus Holz hinauf. Hier gibt es fünf Räume. Auch hier oben ist der Boden mit Holz ausgelegt, wie auch schon im Wohn- und Esszimmer. Der erste Raum auf der linken Seite steht komplett leer.

»Für das Zimmer hatte ich nie eine Verwendung. Aber ich dachte als ich das Haus bauen ließ, dass man nie genug Räume haben kann. Man weiß ja nicht, was die Zukunft einmal bringen wird.«

Während Dylan das sagt, streichelt er sanft über meinen Bauch und zieht mich in eine innige Umarmung. Sofort springt seine Wärme auf mich über und kleine Blitze schießen durch meinen Körper. Unbewusst beiße ich auf meine Lippe und sehe in die tiefblauen Augen, die mich immer wieder aufs Neue in ihren Bann ziehen.

»Zoe. Du sollst mich nicht immer so ansehen!«, zischt er.

Erschrocken zucke ich zusammen.

»Oh. Entschuldigung. Ich wusste nicht …«

Doch er unterbricht mein Gestammel direkt mit einem Kopfschütteln und Lachen.

»Komm, hier gibt es noch mehr zu sehen.«

Sofort schleift er mich weiter. In dem zweiten Raum auf der Seite stehen nur ein Regal und ein Schreibtisch. Irgendwie wirken sie sehr verloren in dem großen Zimmer. Hier würde ich mich nicht wohl fühlen, wenn ich arbeiten müsste. Dann lieber etwas kleines, schnuckeliges.

Von der Treppe aus geradeaus, befindet sich das Schlafzimmer. Hier ist endlich ein wenig Farbe zu finden. Mintgrüne Vorhänge verzieren die großen Fenster. Ein sehr pompöses Himmelbett steht rechts an der Wand. Es muss mindestens zwei mal zwei Meter sein. Wobei ich mir da nicht sicher bin. Es sieht so wuchtig aus. Da würde es mich nicht wundern, wenn es noch größer und eine Maßanfertigung wäre. Auf einmal schießen mir unliebsame Gedanken durch den Kopf. Hat er hier auch schon mit Melania gewohnt? Sie waren schließlich zusammen. Auch wenn ich es nicht will, verziehe ich leicht mein Gesicht, was Dylan nicht lange verborgen bleibt.

»Was ist los?«, fragt er besorgt.

»Nein. Ist schon ok«, winke ich ab, aber er will es nicht auf sich beruhen lassen.

»Schon ok bedeutet, dass irgendetwas nicht so ist, wie es sein sollte. Sag was dich bedrückt.«

Was soll ich denn nun sagen? Es ist doch normal, dass er auch vor mir ein Leben hatte. Aufgeregt tapse ich von einem, auf den anderen Fuß.

»Zoe!«, seine Stimme klingt nun schroff und unnachgiebig.

Ich weiß, dass er nicht aufhören wird auf eine Erklärung zu bestehen.

»Ich, ich habe ... Ich habe mich gefragt, ob Melania ...«, meine Stimme erstirbt.

Ich schäme mich meiner Gedanken und der Eifersucht so sehr, dass ich puterrot anlaufe. Meine Ohren glühen schon förmlich und ich versuche seinem Blick auszuweichen. Aber ich hätte es wissen müssen. Dylan mag es nicht, wenn ich versuche ihm zu entfliehen. Es dauert nur den Bruchteil einer Sekunde und ich spüre, wie er mein Kinn leicht anhebt, damit ich ihn anschauen muss.

»In diesem Haus hat noch nie eine andere Frau übernachtet. Sicherlich habe ich Besuch von Bekannten gehabt, doch nie habe ich Melania oder sonst wen bei mir schlafen lassen.«

Ich komme mir so dämlich vor. Das mit der Schaufel vergesse ich aber auch immer wieder. Ich hoffe es vergeht irgendwann in meinem Leben, dass ich mich vor Scham im Erdboden vergraben will. Noch während ich dabei bin mich selbst nieder zu machen, werde ich von einem stürmischen Kuss überrascht. Seine Hände auf meinen Hüften fühlen sich wie glühendes Eisen an, welches sich in meine Haut einbrennt. Aber es schmerzt nicht, nein, es weckt ein Verlangen nach mehr in mir.

Siegessicher verzieht Dylan sein Gesicht zu einem Grinsen.

»Wenn das geklärt wäre, dann geht es weiter. Wir haben heute noch einiges zu erledigen«, er zwinkert mir zu, bevor es direkt weiter geht.

Auf der Etage befindet sich noch eine Art kleine Bibliothek. Er scheint sehr viel zu lesen. An den Wänden entlang ranken insgesamt fünfzehn Regale bis zur Decke hinauf, welche komplett mit Büchern gefüllt sind. Geradeaus bei den Fenstern, stehen zwei sehr gemütlich wirkende, liegenartige Sessel. Dazwischen befindet sich ein Glastisch, auf welchem auch einige Bücher aufgestapelt sind.

Ich glaube, wenn man sich hier her zurückzieht, kann man Raum und Zeit komplett vergessen. Die Regale sind aus Mahagoniholz und sehr Massiv. Der Boden ist mit einem weinroten Teppich ausgelegt und die Liegen sind mit einem tiefbraunen Leder bezogen. Ich fühle mich direkt in eine andere Zeit versetzt. Am liebsten würde ich mich hier noch Stunden aufhalten. Nicht unbedingt um zu lesen, aber der Charme des Raumes hat es mir direkt angetan.

»Wow«, dringt es aus mir heraus.

»Hier habe ich sonst immer meine Abende verbracht.«

Verblüfft sehe ich ihn an: »Hast du all diese Bücher gelesen?«

»Nein. Alle nicht. Mir fehlen noch zwei Regale«, gibt er verschmitzt zurück.

»Die anderen hast du alle gelesen? Das müssen Hunderte sein. Woher nimmst du dir die Zeit?«, will ich von ihm wissen.

»Ich habe gelegentlich Schlafprobleme und dann schafft man doch einiges in einem Jahr. Normal komme ich auf zwei bis vier Bücher pro Monat. Es kommt immer darauf an, wie viele Seiten es hat und wie verständlich es ist.«

Ich runzle die Stirn. Bisher habe ich nicht wirklich gelesen. Klar, die Zeitung oder in der Schule die Bücher, aber privat ... Nein dafür hatte ich nie Zeit oder Geld.

»Liest du nicht gerne?«

Ich zucke mit meinen Schultern und antworte ihm kleinlaut.

»Ich weiß nicht. Bisher habe ich es nie wirklich getan. Aber nun habe ich ja mehr als genug zur Auswahl, um es heraus zu finden«, grinse ich ihn frech an.

Das letzte Zimmer auf der Etage ist ein Badezimmer. Es schlägt das von unten bei weitem. Es ist fast drei Mal so groß. Hier befinden sich endlich einige Schränke. Unter dem Wachbecken gibt es einen kleinen Unterschrank und zwischen Dusche und Eckbadewanne befindet sich ein Sideboard. Es ist schon recht breit und bietet sehr viel Platz.

Nun geht es noch auf den Dachboden. Auch hier führt eine Wendeltreppe hinauf. Ich bin positiv überrascht, denn man muss nicht gebückt stehen, wie es sonst üblich ist. Dylan scheint ihn gut ausgebaut zu haben. Es befinden sich insgesamt fünf Dachfenster hier oben. Zwei auf jeder Seite und ein Rundes direkt gerade aus. Davor steht ein kleiner Sessel.

»Warum steht der dort?«, will ich wissen und nicke zum Fenster und dem Möbel.

»An manchen Tagen, wenn es draußen sehr stürmisch ist, komme ich hier hinauf und sehe mir das Schauspiel der Natur an.«

Das klingt spannend. Anscheinend liebe nicht nur ich Gewitter und Sturm. Dylan zieht mich zu sich heran und umschlingt mich mit seinen Armen.

»Und, gefällt es dir hier?«, er sieht mich durchdringend an.

»Ja, es ist wunderschön«, hauche ich ihm zu und lege meinen Kopf auf seine Schulter.

Kapitel 19

Gemeinsam schauen wir noch einige Minuten zum Fenster hinaus, bevor wir wieder hinunter gehen.

»Komm, wir bereiten gleich das Abendessen vor. Alexander und seine Familie kommen auch, dann kannst du sie direkt kennen lernen. Ich muss noch etwas mit ihnen besprechen.«

Ich muss schlucken. Schon wieder ein Kennenlernen. Hoffentlich werde ich hier genauso freundlich aufgenommen, wie zu Weihnachten bei seiner Familie. Aber was ist, wenn sie mich nicht mögen oder ich sie absolut nicht ausstehen kann? Wir würden ja quasi zusammen leben. Nein, daran sollte ich besser erst keinen Gedanken verschwenden. In meinem Bauch beginnt es zu rumoren. Angespannt bereite ich mit Dylan das Essen zu. Er sagte wir sollen wegen der Kinder am besten Spaghetti kochen.

Die beiden scheinen wohl im Moment nicht alles zu essen. Ist mir auch ganz recht, denn ich liebe Nudeln. Als ich damit fertig werde den Tisch einzudecken, kommen die vier auch schon an. Dylan stellt mir alle der Reihe nach vor. Luise, die Frau von Alexander, hat einen kurzen Bobschnitt und braune Haare. Sie wirkt sehr aufgeschlossen und scheint eine frohgestimmte

Person zu sein. Jan, der vierzehnjährige Sohn, hat die gleiche Haarfarbe wie seine Mutter und trägt einen frechen Kurzhaarschnitt. Er reicht mir zur Begrüßung die Hand und deutet einen Handkuss an. Ein kleiner Charmeur. Vor ihm wird die Frauenwelt später nicht sicher sein. Ich muss schmunzeln, reiße mich aber zusammen. Dann ist Katharina an der Reihe. Sie ist elf, aber scheint sich vorzukommen, als wäre sie schon eine ganz Große. Ihr langes, braunes Haar fällt bis zur Taille glatt herab. So lieblich ihr Gesicht auch aussieht, sie scheint es faustdick hinter den Ohren zu haben.

Sie schaut mich abwertend von oben bis unten an und wirft mir ein murrendes: »Tag!«, vor die Füße.

Okay. Ich habe das Gefühl, wir beide werden so schnell keine Freunde. Als wir am Tisch sitzen, bespricht Dylan mit Alexander und Luise, was sie am nächsten Tag zu tun haben. Ich lausche gebannt dem Gespräch.

»Also, es wäre mir ganz lieb, wenn ihr morgen wie gewohnt die Tische aufbaut. Gegen siebzehn Uhr würde ich gerne das Büffet eröffnen. Wir haben ja bereits am Telefon besprochen was es geben soll. Habt ihr noch jemanden finden können, der euch hilft?«, beginnt Dylan und geht dabei nicht tief in die Details.

Was mag das wohl morgen werden? Er sagte mir nur, dass er einen wichtigen Termin mit seinen Anwälten habe.

»Wird das morgen ein Geschäftsessen?«, will ich wissen.

Sofort ergreift Dylan das Wort.

»Ja, so kann man das nennen. Es kommen einige wichtige Leute und es wird sich Grundlegendes ändern.«

Dass er immer so geheimnisvoll tun muss und nicht einmal klar sagt, worum es geht. Ich verstehe das nicht.

»Oh. Muss ich mich auf etwas vorbereiten? Nicht dass ich wieder Unsinn verzapfe«, hake ich nach und erhoffe mir so einen winzig kleinen Hinweis.

»Nein. Du musst dich einfach nur schick machen und das Essen genießen«, sagt er, während er mich neckisch angrinst.

Mist. Ich habe echt gedacht, dass ihm irgendetwas heraus rutscht. Aber seine Lippen sind versiegelt. Luise räuspert sich und steht dann auf.

»Wir werden uns dann gleich schon an die Vorbereitungen machen. Leider hat sich so kurzfristig niemand finden können, aber das sollte auch so klappen.«

»Dann werde ich euch später zur Hand gehen. Wir machen nur einen kleinen Spaziergang zum See und dann steh ich zu eurer Verfügung«, gibt Dylan zurück.

Meine Augen huschen neugierig zwischen ihnen hin und her. Irgendwie wurde ich aus dem Gespräch komplett ausgeschlossen. Können sie mich vielleicht nicht ausstehen? Ich habe auch gemerkt, dass mich bis auf Katharina, welche mich ununterbrochen versucht mit ihren Blicken zu töten, niemand wirklich ansieht. Sie scheinen mir immer auszuweichen. Nicht dass sie mich für irgend so eine Tussi halten.

»Ähm, ich kann euch auch helfen. Ihr müsst nur sagen, was es zu tun gibt und wo ich die Dinge finde«, versuche ich mich einzubringen.

Dylan schaut mich nachdenklich an.

»Zoe, das wird nicht gehen. Wir sind schneller ohne dich. Das ist nicht böse gemeint, aber wir haben da einen routinierten Ablauf. Beim nächsten Mal darfst du aber gerne mithelfen. Außerdem habe ich nachher eh eine gesonderte Aufgabe für dich, welche mehr als nur wichtig ist.«

Seine Finger streichen zart über meine Wange und Dylans Mimik wird weicher. Ein wenig traurig nicke ich ihm zu. Dass er mich ausschließt mag ich gar nicht. Wenn ich wenigstens den Grund dafür wüsste. Nur weil ich mich hier nicht auskenne und sie einen bestimmten Ablauf haben kaufe ich ihm nicht ab, denn etwas tragen oder zuarbeiten wäre auch so möglich.

Wir räumen schnell den Esstisch ab und schlüpfen direkt in unsere warmen Klamotten. Dylan und ich stapfen durch die weiße Pracht, bis wir am See angelangen. Er sieht zauberhaft aus. Am liebsten würde ich noch Stunden hier verbringen, doch die Kälte zieht allmählich in meine Knochen. Unterwegs reden Dylan und ich ein wenig miteinander.

»Könntest du dir denn vorstellen, hier zu leben und unser Kind aufzuziehen?«, möchte er von mir wissen.

Ich muss kurz über eine passende Antwort nachdenken. Ich frage mich, was mich Zuhause hält. Da gibt es nicht sonderlich viel. Von meiner Mutter habe ich seit dem unschönen Treffen in der Stadt nichts mehr gehört oder gesehen. Davon abgesehen hatte ich auch nicht wirklich Interesse daran, sie ausfindig zu machen. Zu groß war die Last, welche ich die ganzen Jahre tragen musste. Auch hat sie mir nie bei irgendetwas geholfen oder mich beschützt. Wieso sollte ich mich dann um sie sorgen? Wahrscheinlich sitzt sie weiterhin bei einem ihrer Bekannten und lässt sich volllaufen. Dafür habe ich nun drei tolle Dinge in Deutschland gefunden.

Einen Job den ich liebe und worin ich voll und ganz auf gehe. Dylan hat zwar gesagt, dass ich mit einer besonderen Berechtigung von überall Zugriff auf die Server habe und an jedem Ort arbeiten kann, aber es ist etwas anderes hier alleine zu sitzen, als in der Agentur, wo immer reges Treiben herrscht. Auch würde Susan mir unwahrscheinlich fehlen. Zwar kenne ich sie erst seit kurzer Zeit, aber sie ist mir sehr ans Herz gewachsen.

Und zu guter Letzt wäre da mein Vater. Sicher, er und seine Familie wohnen ein paar Stunden entfernt, jedoch wären sie in Deutschland eher greifbar. Dafür gefällt es mir in der Stadt nicht so gut. Ich muss gestehen, hier habe ich mich direkt heimisch gefühlt. Nicht wegen dem Haus, sondern allein wegen der Umgebung. Es wirkt harmonischer, nicht so hektisch. Ich denke ein Kind würde sich hier sehr wohl fühlen. Dafür ist man immer auf ein Auto angewiesen. Das ist wirklich nicht sehr leicht zu entscheiden. In den ersten Jahren wäre es für ein kleines Lebewesen aber nicht all zu wichtig, wo es lebt. Ich denke bis zum Kindergartenalter hätte man noch genügend Zeit, um sich zu entscheiden. Für die ersten Jahre glaube ich, dass ich mich hier wohler fühlen würde.

»Das ist nicht wirklich leicht zu beantworten. Bis der oder die Kleine in den Kindergarten geht, haben wir ja noch fast ewig Zeit uns zu entscheiden, wo wir leben möchten und was am einfachsten ist. So lange würde ich aber gerne hier bleiben«, versuche ich ihm zu erklären.

Dylan schaut mich abschätzend an.

»Wann gedenkst du denn, dass unser Kind in den Kindergaren geht?«

»Ich würde sagen mit drei Jahren oder kurz davor. In der Zeit kann ich ja kleinere Projekte betreuen oder dir zuarbeiten und danach kümmere ich mich wieder um größere Sachen.«

Meine Stimme vibriert leicht, aus Angst, dass ihm mein Plan nicht zusagt. Ich sehe wie Dylan seine Lippen kräuselt und in die Ferne blickt. Auf seiner Stirn bilden sich kleine Fältchen die mir verraten, dass er darüber erst nachdenken muss. Stumm laufen wir weiter. Kurz bevor wir das Haus erreichen, durchbricht seine Stimme die Stille.

»Das hört sich nach einem guten Plan an. Wobei du wirklich in den ersten Jahren nicht arbeiten musst.«

»Doch, das will ich aber«, fahre ich ihm dazwischen.

Dylan schenkt mir ein charmantes Lächeln und senkt seine Lippen auf meine. Warm und weich umschließen sie meinen Mund und wir verfallen in einen leidenschaftlichen Kuss. Ich lasse mich immer weiter fallen, bis ich abrupt von einem Scheppern aus dem Genuss heraus gerissen werde. Wir stürmen über die Terrasse ins Haus hinein, wo uns Luise schon etwas entgegen ruft.

»Nichts passiert! Nur ein Topf.«

Verwundert reiße ich die Augen auf. Bei dem Radau muss es aber ein enorm großer Topf gewesen sein. Auf dem Esstisch stapeln sich neun verschieden große Kochtöpfe. Von einem ganz kleinen, bis zu einem Kesselartigen ist alles dabei. Auch Pfannen und Bräter stehen schon parat. Erstaunt und ohne meine Augen auch nur einen Zentimeter vom Tisch abzuwenden, spreche ich Dylan schon fast flüsternd an.

»Sag mal, wie viele Gäste sagtest du, kommen morgen?«

Ich höre ein unterdrücktes Lachen.

»Zu der Anzahl habe ich bisher noch nichts gesagt.«

Seine Antwort reißt mich direkt aus meiner Starre heraus und ich sehe ihn leicht genervt an.

»Nein! Halt sie im Zaum. Dafür haben wir keine Zeit«, ermahnt er mich.

»Wie bitte? Was soll ich im Zaum halten?«, meine Stimme wirkt deutlich erbost und meine Hände ballen sich zu kleinen Fäusten zusammen.

Irgendetwas wird jetzt wieder kommen, was mich auf die Palme bringt. Seine ganze Haltung verrät mir, dass er wieder sticheln will.

»Die kleine Furie sollst du im Zaum halten. Du wirst schon wieder zickig.«

Wie automatisch ziehen sich meine Augenbrauen zusammen und ich will gerade kontern, da drückt er mir seinen Zeigefinger auf meine Lippen.

»Scht. Ich sage doch, dafür haben wir jetzt keine Zeit«, brummt er und nimmt hastig meine Hand.

Im Eiltempo gehen wir die Treppe hinauf und er bringt mich in das Zimmer, neben dem Schlafzimmer. Auch beim zweiten Blick hinein finde ich, dass der Schreibtisch und das Regal sehr verloren wirken. Doch diesmal ist etwas anders. Auf der Tischplatte liegen einige dicke Wälzer. Sind das Kataloge?

»Was wollen wir hier?«

»Du wirst heute Abend damit beschäftigt sein das Kinderzimmer nach deinen Wünschen einzurichten. Schau bitte in den Katalogen und im Internet nach und suche dir aus, was dir gefällt und wir benötigen«, antwortet er mir, mit seiner Hand in meinem Rücken.

Verblüfft blicke ich ihn an. Ich soll das alleine entscheiden? Zögernd stelle ich ihm meine Frage.

»Wieso soll ich das denn alleine aussuchen? Ist dir das egal?«

Sofort erstarrt seine Mine.

»Um Gottes Willen. Nein, es ist mir nicht egal. Ich möchte nur, dass du dir die Dinge aussuchst, welche dir gefallen. Sollte etwas dabei sein was mir absolut missfällt, werde ich dir das schon ausreden. Aber ich denke Frauen wissen da doch eher, was sie brauchen werden. Außerdem glaube ich, dass du einen sehr guten Geschmack hast. Meinst du, sonst hätte ich dich in meiner

Agentur angestellt, wenn ich dein Urteil in Frage stellen würde?«

Grinsend schüttle ich mit meinem Kopf. Nein, wenn ich unter einer Geschmacksverkalkung leiden würde, wäre ich nie dort, wo ich jetzt gerade bin. Als ich erneut meine Augen durch den Raum wandern lasse, fällt mir noch etwas Neues auf. Dort steht einer der gemütlichen, liegenähnlichen Stühle aus der Bibliothek.

»Dort kannst du es dir bequem machen. Ich habe dir auch extra eine Kanne Tee kochen und eine Decke bereit legen lassen.«

»Von wem?«, frage ich ihn.

»Von Luise. Sie hat das arrangiert, als wir das Essen zubereitet haben.«

Fragend schaue ich ihn an.

»Nein sie weiß davon nichts. Ich habe ihr gesagt, dass du ein wenig lesen wirst. Die Kataloge habe ich hier her gebracht.«

Wie wundervoll. Sie scheint ein Goldschatz zu sein. Schnell gebe ich Dylan noch einen zärtlichen Kuss, bevor ich mich auf den mehr als nur bequemen Sessel fallen lasse. Ich muss aufpassen nicht einzuschlafen, so gemütlich ist er. Dylan wirft noch behutsam die warme Decke über mich und gießt mir eine Tasse Tee ein, bevor er sich an die Arbeit macht. Voller Euphorie beginne ich die ersten Kataloge durch zu blättern. Ich wusste gar nicht, wie viele unterschiedliche Kinderzimmer es gibt. Von altmodisch bis modern ist alles vertreten.

Ich kann mich tatsächlich nicht entscheiden, denn ich mag beides sehr gern. Doch letztendlich entscheide ich mich für modern. Immer wieder schaue ich im Internet nach, was man alles benötigt. Ich habe ja selber überhaupt keine Ahnung was da auf mich, nein, auf uns zukommen wird.

Nach fast zweieinhalb Stunden habe ich endlich ein schönes Babyzimmer gefunden, welches auch im Kleinkindalter noch genutzt werden kann. Da ich noch nicht weiß was es werden soll, habe ich es neutral ausgewählt. Unbewusst notiere ich mir etliche Dinge auf einem Zettel. So langsam beginnen meine Augen zu brennen. Irgendwie fühlt es sich so an, als würden sie austrocknen. Verbissen kneife ich meine Lider zusammen und schüttle meinen Kopf.

Nicht einschlafen, ermahne ich mich selbst. Doch es dauert nicht lange und ich verliere den Kampf gegen die Müdigkeit. Noch auf dem Weg ins Traumland zucke ich kurz zusammen, weil ich das Gefühl habe zu stolpern und hin zu fallen. Jedoch bekomme ich kurz darauf nichts mehr mit.

Kapitel 11

Ich erwache in einer fremden Umgebung. Wo bin ich hier nur? Meine Augen huschen wirr umher. Ich liege auf einer verdammt gemütlichen Matratze, in einem Himmelbett. Und da, da sind die mintgrünen Vorhänge. Dylan muss mich heute Nacht ins Schlafzimmer getragen haben. Aber wo ist er? Das Bett neben mir ist verwaist. Als ich meine Hand über das Laken gleiten lasse, fühlt es sich kalt an. Er muss schon eine Weile auf den Beinen sein. Grummelnd drehe ich mich auf die linke Seite, da erblicke ich einen kleinen Zettel neben meinem Kopfkissen.

Guten Morgen
Ich bereite schon einmal das
Frühstück zu.

Verträumt rolle ich mich zurück auf meinen Rücken. In diesem Moment bin ich glaube ich, der glücklichste Mensch auf diesem Planeten. Das alles hätte ich mir in meinen schönsten Träumen nicht erdacht. Noch bevor ich die letzten Wochen Revue passieren lassen kann, schwingt auch schon die Tür zum Schlafzimmer auf und Dylan kommt mit einem Tablett auf mich zu.

Wie sexy er doch mit seinem leicht zerzausten Haar aussieht. Es dauert gar nicht lange und seine tiefblauen Augen fesseln mich. Selbst wenn ich wollte, ich könnte ihnen jetzt nicht mehr entfliehen. Irgendwie fühlt es sich so an, als würde man von einem starken Magneten angezogen werden.

»Da komme ich anscheinend genau zur rechten Zeit«, gluckst er und hat ein Strahlen auf dem Gesicht.

Es ist so süß wie er mich umsorgt, doch irgendwie verspüre ich keinerlei Hunger. Eher kommt es mir so vor, als hätte ich mich am Abend zuvor komplett überfressen. Dafür hätte ich jedoch gerade andere Gelüste.

»Das ist so lieb von dir, aber mein Appetit auf Frühstück ist nicht wirklich sehr groß. Komm doch lieber noch eine Runde zu mir. Mir schwebt der Sinn gerade nach etwas anderem«, versuche ich ihn zu locken und beiße frech auf meine Unterlippe.

Dylan stellt das Tablet auf den Boden und kommt so schnell wie eine Raubkatze auf Beutefang, auf mich zu gestürmt. Die Art wie er mich in diesem Augenblick fixiert reicht aus, um in mir ein verheerendes Feuer zu entfachen. In meinem Bauch kribbelt es vor Freude und Erwartung. Kurz darauf spüre ich seinen warmen Atem in meinem Gesicht, bevor seine Lippen von meinen Besitz ergreifen. Seine Zunge fordert meine zu einem Tanz der Leidenschaft heraus.

Gerade, als mein Körper sich aufbäumt und sich ihm entgegen reckt, schaue ich ihn an und ihn überkommt ein schalkhaftes Grinsen. Mittlerweile kenne ich es nur zu gut. Frustriert lasse ich mich in mein Kissen fallen und mache mir grollend Luft.

»Klar doch! Lass mich raten, dafür haben wir jetzt keine Zeit!«

Sanft streichen Dylans Finger über meine rechte Wange.

»Leider stimmt das, denn mein kleines Murmeltier hat den halben Morgen verschlafen. Wir haben bereits elf Uhr und es sind noch nicht alle Vorbereitungen getroffen. Heute werde ich deine Hilfe benötigen«, besänftigt er mich.

Überrascht schaue ich ihn an.

»Ich darf dir helfen?«, ist das Einzige was mir gerade durch den Kopf schwebt.

Das kommt für mich so plötzlich, dass ich die Uhrzeit direkt wieder vergessen habe.

»Ja, du darfst mir helfen. Deswegen iss bitte etwas. Es wird ein sehr langer Tag werden. Ihr beiden braucht ein wenig Energie.«

Ich bin immer wieder überrascht, wie liebevoll und fürsorglich Dylan sein kann und das, nachdem er so schlecht auf die Nachricht der Schwangerschaft reagiert hat. In diesem Augenblick als er mich so angegangen ist, hätte ich ihn erwürgen können.

Während ich mir hastig etwas von dem Frühstück herunter zwänge, sucht mir Dylan schon ein paar bequeme Sachen heraus. Daneben legt er eine etwas größere Schachtel ab.

»Den Karton kannst du öffnen, wenn wir unten fertig sind.«

Meine Neugier ist geweckt und ich beäuge die Pappschachtel von allen Seiten. So als würde sie durchsichtig werden, wenn ich nur lang genug hinsehe.

»Waf ift gen ga grin?«, frage ich mit randvollem Mund.

Dylan kann sich kaum noch halten und bricht in schallendes Gelächter aus.

»Mein Schatz, ich habe kaum ein Wort verstanden. Doch so wie du den Karton mit deinen Blicken versuchst zu zerstören, scheinst du wissen zu wollen, was darin ist. Das wirst du dann später erfahren. Und wehe du spickst hinein. Ich gehe schon einmal nach unten und warte in der Küche auf dich«, erwidert er belustigt auf mein Genuscheltes.

Rasch esse ich auf und flitze in das Badezimmer um mich frisch zu machen und in die Klamotten zu schlüpfen. Er hat mir eine bequeme Jogginghose rausgesucht und einen dicken, weinroten Wollpullover. Während ich die Treppen hinunter steige, halte ich mich am Geländer fest. Ich bin in meinem Leben schon so oft Treppen rauf und runter gefallen, dass ich bei unbekannten nun doch lieber auf Nummer sicher gehe. In der unteren Etage riecht es köstlich. Als ich die Küche betrete steht Dylan schon da und verstaut einige Schalen und Platten mit Speisen auf einem kleinen Servierwagen. Es sieht noch besser aus, als es riecht. Wenn ich nicht pappsatt wäre, würde ich mich direkt darauf stürzen.

Dylan scheint mich noch nicht bemerkt zu haben und ist weiter eifrig bei der Sache. Ich lehne mich an den

Türrahmen des Einganges und beobachte ihn verträumt. Seine flüssigen Bewegungen gehen mir durch und durch. Im Hintergrund hat er Musik laufen, welche ihm augenscheinlich gute Laune verschafft. Fröhlich summt er die Melodie mit und es zaubert mir ein Grinsen ins Gesicht. Plötzlich ertönt seine Stimme, ohne dass er sich mir zuwendet.

»Wenn du mit Beobachten fertig bist, magst du mir dann helfen?«

Ich kann zwar nur seinen Rücken sehen, aber trotzdem merke ich an seiner Stimme, dass er sich über mich amüsiert. Auf frischer Tat ertappt erröte ich und gehe tapsig zu ihm. Sofort dreht er sich zu mir, nimmt mich schwungvoll in den Arm und wirbelt mich zu der Musik einmal quer durch den Raum.

»Ich dachte schon du willst da ewig stehen bleiben«, raunt er mir mit tiefer Stimme zu, bevor seine Lippen sanft und fordernd zugleich, die meinen berühren.

Würde ich aus Wachs bestehen, gäbe es gerade nur noch eine Pfütze von mir, so sehr lässt er mich dahinschmelzen. Mit festem Griff zieht Dylan mich komplett in seine Arme.

»Wärst du so lieb und würdest den Wagen rüber in das Esszimmer fahren? Es ist bereits ein Büffettisch aufgebaut. Stell die Sachen einfach nur dort ab. Ich mache schon die nächste Fuhre fertig.«

Meine Augen weiten sich. Auf dem Wagen stehen schon so viele Speisen, damit könnte man locker zwanzig Leute satt bekommen.

»Jetzt sag mir wenigstens, wie viele Leute kommen werden.«

Doch er bleibt hart und schüttelt nur stur mit seinem Kopf.

»Das Einzige, was ich dir sagen werde ist, dass meine Familie auch kommt. Und nun schnell, wir haben nur wenig Zeit.«

Vor mich hinmurmelnd schiebe ich den klappernden Wagen in das andere Zimmer. Ich bleibe stehen und schaue mich verwirrt um. Wo ist denn der Esstisch hin? Er stand doch vor wenigen Minuten noch hier. Oder habe ich es übersehen, dass er gerade auch schon weg war? Aber ich hätte es doch hören müssen, wenn er hinaus getragen wurde. Nach kurzer Zeit tue ich es damit ab, dass ich noch nicht richtig wach bin. Ich stelle die Schalen auf den Tisch und bin bereit die zweite Ladung zu holen.

»Sag mal, soll das so bleiben? Also nur die Schalen dahin stellen? Das sieht so trostlos aus. Hast du nicht so etwas wie Tischdeko?«

Verwundert sieht er mich an.

»Die Dekoration kommt doch nur auf die Esstische.«

»Hmm ...«, erwidere ich.

Er kratzt sich am Kopf und denkt kurz nach.

»Ich hole gleich Luise und frage, was sie sich für heute überlegt hat. Vielleicht bleibt ja etwas übrig, dann kannst du dort auch etwas aufstellen, wenn dir das geschmückt lieber ist.«

Freudig nicke ich ihm zu. Als endlich alle Speisen an ihrem Platz stehen, kommt auch schon Luise vollbepackt mit Taschen hinein. Ich stürme auf sie zu und nehme ihr einige Sachen ab, denn sie scheinen wirklich schwer zu sein und sie schafft es gerade so, voran zu kommen.

»Warte, ich helfe dir. Du siehst ja nicht einmal, wo du hin trittst.«

Dankbar seufzt sie auf, als ich ihr die Hälfte der Sachen abnehme. *Ui, das ist aber wirklich schwer.* Es fühlt sich so an, als würden die Sachen mich am Boden festnageln wollen. Wie kann Dekoration nur so höllisch viel wiegen? Und vor allem, wie hat sie es geschafft, das alles hier her zu wuchten? Ich breche ja schon unter der Hälfte fast zusammen. Doch ich sage nichts, sondern beiße meine Zähne zusammen und laufe die ersten Schritte los, als ich Dylan stänkern höre.

»Verdammt noch mal, Zoe!«, dröhnt seine Stimme in meinen Ohren.

Ich zucke zusammen, weil ich nicht weiß was ich nun schon wieder verbrochen habe.

»Was zum Herrgott reitet dich, so schwer zu tragen? Bist du wahnsinnig?!«

»Ich, ich wollte Luise nur …«, stammle ich, aber Dylan lässt mich meinen Satz nicht beenden und entreißt mir die Taschen.

»Gib das her. Mensch, immer muss ich mir Sorgen um dich machen!«

Ich bleibe wie angewurzelt stehen. Luise wirft mir einen fragenden Blick zu und ich spüre Hitze in mir aufsteigen. Meine Hände werden schwitzig und mein Puls beginnt zu rasen. Wieso muss er mit mir so vor ihr reden? Ich bin doch kein kleines Kind mehr.

Da fällt es mir wie Schuppen von den Augen und meine Lippen verziehen sich zu einem tonlosen ›Oh.‹ Mein Blick wandert zu meinem Bauch hinab und wie automatisch lege ich schützend eine Hand darüber. Luise scheint meine Geste direkt zu verstehen und grinst über beide Ohren. Sie lässt die Taschen auf den Boden sinken und schaut mich an, während ihre Hände meine Oberarme umfassen.

»Bist du?«, fragt sie nur und ich nicke strahlend.

Sofort schließt sie mich in ihre Arme und beglückwünscht mich. Auch Dylan kann ihren Fängen nicht entgehen und wird geherzt, was das Zeug hält. Ich muss lachen.

»Mensch, warum habt ihr denn nichts gesagt? Zoe, du darfst wirklich nicht so schwer tragen. Und Dylan, sie ist schwanger, aber nicht krank. Ein bisschen kannst du ihr ruhig zumuten.«

Luise zwinkert mir bei dem letzten Satz zu. Dylan räuspert sich und erklärt Luise kurz, dass bisher noch niemand davon weiß und es vorerst auch so bleiben soll. Wenigstens so lange, bis die kritischen ersten drei Monate überstanden sind. Sie macht eine Handbewegung die uns deutet, dass ihre Lippen versiegelt sind.

Nachdem Luise mir ein paar Dinge für den Büffettisch gegeben hat und ich alles hergerichtet habe, werde ich auch schon wieder von Dylan verscheucht. Ich soll mich zurecht machen gehen, denn die ersten Gäste werden bereits gegen vierzehn Uhr erwartet. Neugierig öffne ich die Schachtel auf meinem Bett und finde ein wundervolles Kleid, in einem zarten Rosa darin. Meine Finger gleiten über den Stoff und ich muss keine Expertin sein, um zu wissen, dass auch dieses edle Teil ein halbes Vermögen gekostet hat.

Der Stoff ist seidig glatt und fühlt sich schon jetzt wie eine zweite Haut an. Es fällt in A-Linie zu Boden und das Bustier ist mit weißer Spitze besetzt. Auch die Ärmel, welche bis zum Handgelenk reichen, bestehen aus Spitzenstoff. Wenn dieser Abend rum ist, muss ich unbedingt mit ihm reden. Er soll mir nicht immer so sündhaft teure Kleidung kaufen. Irgendwie macht es mich verlegen und ich fühle mich unwohl dabei. Dennoch glänzen meine Augen, während ich weiterhin das Kleid betrachte.

Tock, tock, tock. Es klopft an der Schlafzimmertür und ich drehe mich überrascht um. Die Tür öffnet sich einen winzigen Spalt und das Erste was ich sehe sind gewellte, braune Haare. Direkt danach erblicke ich Fionas Gesicht. Ich stoße vor Freude einen leisen Schrei aus und stürme auf sie zu.

»Was machst du denn jetzt schon hier? Dylan sagte, dass die ersten Leute erst um zwei hier eintrudeln«, frage ich, während ich sie umarme.

Auch sie scheint sich darüber zu freuen, mich zu sehen. Wie ein Honigkuchenpferd grinst sie mich an.

»Ich bin schon eher los. Unsere Eltern kommen etwas später nach. Ich dachte, ich helfe dir wieder bei deinen Haaren und wir quatschen ein wenig. Es ist ja sehr viel passiert, wie ich gehört habe.«

Fragend sehe ich sie an.

»Na Melania? Und mir hat ein Vögelchen etwas von einem Schutzengel gezwitschert.«

»Oh, das war aber schon kein Vögelchen mehr«, gebe ich schallend zurück.

Wir haben uns so viel zu erzählen. Bei dem, was ich ihr über Melania zu berichten habe, verändert sich ihre Laune in alle möglichen Richtungen. Die schlimmen Details meiner Vergangenheit lasse ich zwar weg, dennoch reicht es aus, dass sie versucht hat mich mit einer Lüge zu erpressen. Sie flucht immer wieder lautstark.

»Jetzt ist ja zum Glück alles vorbei«, besänftige ich sie.

Als sie mir beim Zumachen des Kleides helfen will, ist sie verwundert.

»Ist etwas nicht in Ordnung?«

»Nein, alles ok.«

Damit gebe ich mich nicht zufrieden. Ich kenne sie zwar noch nicht allzu gut, aber dennoch ist ihre Stimmlage verändert. Bei ihrem Bruder bedeutet das nie etwas Gutes.

»Los, sag schon. Irgendetwas stört dich.«

Ich drehe mich um und sehe ihr forschend in die Augen.

»Es ist nur, hat Dylan dir das Kleid ausgesucht?«

»Ja, er überrascht mich immer mal mit ein paar Sachen. Ich frage mich, ob er mich im Schlaf ankleidet oder mal komplett vermessen hat, denn sie passen wie angegossen.«

»Hmm. Ja das wäre das, was gerade nicht stimmt. Es passt nicht. Ich kann den Reißverschluss nicht zu machen. Er würde aufplatzen, wenn du dich zu schnell bewegst. Hast du vielleicht ein Korsett? Wenn wir das eng schnüren, könnte man es wahrscheinlich schließen.«

Ich muss schlucken. Ich weiß, dass bei meinen Sachen welche dabei sind, aber ich habe sie bisher noch nie an gehabt. Und vor allem frage ich mich, ob ich es während der Schwangerschaft tragen darf, wenn es so stramm gezogen wird. Ich sollte Luise am besten fragen, denn so wie es sich anhört, hat Dylan seiner Familie noch nichts gesagt und ich möchte es nicht wirklich tun.

»Warte bitte kurz, ich komme sofort wieder«, entschuldige ich mich bei Fiona und werfe mir einen Morgenmantel über, welcher an der Tür hängt.

Rasch hüpfe ich suchend nach unten und finde Luise gerade in einem Gespräch mit Dylan. Er scheint ihr etwas zu erklären. Meine Neugier gewinnt Überhand und ich gehe leise etwas näher. Ich bekomme mit, dass er etwas von Ankündigung erzählt, bevor er mich erblickt.

»Zoe. Wie lange stehst du schon da?«, er klingt hörbar erschrocken.

»Nicht lange. Ich muss Luise etwas Wichtiges fragen.«

Nun bin ich nicht die Einzige, die vor Neugier fast platzt. Dylan mustert mich argwöhnisch. Ich schaue mich kurz um, ob auch niemand in der Nähe ist.

»Ich, ähm. Ich passe nicht mehr in das Kleid. Darf ich ein Korsett anziehen oder kann das schaden?«, frage ich mit piepsiger Stimme.

Während mich mein schöner Mann geschockt ansieht, ist der Ausdruck von Luise sanftmütig.

»Wenn du dich wohl darin fühlst, kannst du es am Anfang noch anziehen. Aber nicht zu stramm ziehen. Wenn du dich unwohl fühlen solltest, dann lass es auf jeden Fall weg.«

Grinsend gehe ich wieder, ohne auf Dylans Reaktion zu warten. Er würde es mir eh nur ausreden. Dabei ist er keine Frau und generell um alles was mich betrifft besorgt. Ich krame in einer Schublade und habe es auch sehr schnell gefunden.

»Hier ist es. Nur bitte nicht zu stramm, ich habe im Moment ein wenig Probleme mit meinem Magen«, flunkere ich.

Ich sehe noch wie Fionas Augen sich zu kleinen Schlitzen verformen, während sie nachdenkt.

»Magenprobleme?«

»Ja, ich muss etwas falsches gegessen haben.«

»Ok, dann schnüren wir nur etwas und probieren das Kleid erneut.«

Während sie es immer weiter zu zieht fühle ich mich, als wäre ich in einem Schraubstock gefangen. Ich frage mich, wie es Leute geben kann, die solche Dinger gerne anziehen. Ich steige noch mal in das Kleid.

»Es tut mir leid, wir müssen es noch ein kleines Bisschen enger machen. Geht das?«

Ich nicke nur, ohne etwas dazu zu sagen. Ein kleines Stück wird bestimmt gehen.

»Und die Sachen die Dylan dir sonst gekauft hat haben immer gepasst?«

»Ja, als hätte ich sie selber ausgewählt.«

»Dann muss Dylan dich gut bekocht haben«, gluckst sie.

»Dein Bruder und kochen«, gebe ich lachend zurück.

»Ja ich weiß, er kann kochen, aber er hat meistens kaum Zeit dafür.«

Bei jedem Ruck an den Bändern, drückt es mir weiter die Luft ab. Atmen ist kaum noch möglich, zumindest fühlt es sich so an.

»Wie lange hast du denn schon das mit dem Magen?«, möchte sie wissen.

Nachdem ich ihr sagte, dass es ein paar Tage andauert, häufen sich ihre Fragen. Sie läuft daraufhin um mich herum und tippt sich mit dem Zeigefinger auf ihre Wange.

»Ich denke wir lassen das Korsett lieber weg. Sicher ist sicher, nicht wahr?«, sagt sie, während sie mich freundschaftlich anstupst.

»Ja, aber was soll ich denn dann anziehen? Ich weiß ja nicht einmal, was das heute für eine Feier ist. Dylan sagt mir nichts.«

Überrascht sieht sie mich an.

»Dir hat er auch nichts gesagt? Er hat uns auch nur ganz geheimnisvoll eine Einladung geschickt. Wir sind alle ratlos.«

Ich atme tief durch. Zumindest bin ich nun nicht mehr alleine ahnungslos, was das allerdings nicht wirklich besser macht. Während wir noch überlegen, was ich als Ersatz anziehen soll, stolpert Luise auch schon in das Zimmer. Sie trägt einen kleinen Koffer mit sich.

»Rasch, rasch. Wo ist das Ding des Übels?«

Ich gebe ihr kichernd das Kleid.

»Zieh es bitte über. Ich muss sehen, wie viel es zu eng ist.«

Eifrig macht sie sich an die Arbeit. Sie trennt hier und da einige Nähte ein kleines Stück auf und näht etwas zusammen. Nach wenigen Minuten ist sie fertig.

»Nun müsste der Reißverschluss auch so zu gehen.«

Freudig klatsche ich in die Hände und schlüpfe wieder hinein. Tatsächlich. Luise scheint zaubern zu können. Es sitzt zwar immer noch sehr stramm, aber es passt.

»Und nun beeilt euch. Die ersten Gäste sind bereits eingetroffen«, drängt sie uns zur Eile.

Gemeinsam gehen Fiona und ich zu den anderen. Es sind noch nicht viele Gäste da, doch die wenigen kommen mir alle sehr bekannt vor. Die Gesichter kenne ich noch von der Weihnachtsfeier. Als Dylan sagte seine Familie wird kommen, habe ich eigentlich nur mit seiner Schwester und seinen Eltern gerechnet. Aber anscheinend meinte er mit Familie tatsächlich alle. Nun verstehe ich auch die Unmengen an Speisen. Es dauert nicht lange und ich erspähe vier Personen, welche ich etwas besser kenne. Er hat doch nicht meinen Vater eingeladen? Genau in diesem Moment wendet sich der Mann mir zu. Doch! Es sind mein Vater, seine Frau und meine Geschwister. Stürmisch schließe ich sie in meine Arme. Die Augen der anderen Anwesenden verfolgen mich. Wahrscheinlich denken nun alle, dass ich überhaupt keinen Anstand habe und mich mit der Etikette nicht auskenne, aber das ist mir egal. Ich bin so froh sie endlich wieder sehen zu können.

Wir haben uns seit Weihnachten nicht mehr gesehen, nur miteinander telefoniert. Und dann habe ich mich während der Trennung komplett zurückgezogen. Allmählich vergeht die Zeit und es wird deutlich voller. Dylans Eltern sind mittlerweile auch eingetroffen. Alle fragen mich worum es eigentlich bei dieser Feier genau geht. Irgendwie komme ich mir dämlich vor, weil ich jedem sagen muss, dass ich es selbst nicht genau weiß, weil Dylan mich im Unklaren gelassen hat.

Doch irgendetwas kommt mir sehr seltsam vor. Jeder, wirklich jeder hat mich nach dem Grund der Veranstaltung gefragt. Bis auf Dylans Angestellte, mein Vater und Sabrina, meine Stiefmutter. Nachdenklich kaue ich auf der Innenseite meiner Lippe herum. Die wissen etwas. Das kann ich förmlich riechen. Es stinkt nach Verschwörung. Bei der nächsten Gelegenheit ziehe ich meinen Vater an die Seite.

»Sag mal, was ist das hier für eine Feier? Ihr wisst etwas.«

Ich mustere ihn und versuche an seiner Mimik etwas ablesen zu können, doch nicht das kleinste Zucken der Muskeln ist bei ihm zu erkennen.

»Du, da habe ich absolut keine Ahnung.«

»Na das ist doch typisch. Keiner sagt mir etwas. Ich hasse das.«

Noch während ich mich umdrehe, um genervt davon zu gehen, kann ich aus dem Augenwinkel erkennen, dass mein Vater zu grinsen beginnt. Wenn jetzt gerade nicht so viele gehobene Gäste da wären, würde ich sauer davon stampfen.

Kapitel 12

Die Zeit scheint sich nun zu ziehen, wie Kaugummi. Sicher, ich habe immer wieder gute Gespräche mit den Leuten, aber ich möchte nun endlich wissen was das hier soll. Endlich ist es siebzehn Uhr. Laut Dylan wird jetzt gleich das Büffet eröffnet. Ihn selber habe ich schon seit einer gefühlten Ewigkeit nicht mehr gesehen. Immer nur im Vorbeihuschen, aber er hat nicht ein einziges Wort mit mir gewechselt. Doch jetzt kommt er geradewegs auf mich zu, hält mir seine Hand hin und möchte, dass ich ihn begleite. Er sieht in seinen Anzügen immer wieder umwerfend aus und raubt mir den Atem.

Es treffen dann Eleganz und seine animalische Seite aufeinander. Zwei Gewalten, welche sich perfekt ergänzen. Sein sonst gerne mal zerzaustes Haar, trägt er heute fein frisiert und locker nach hinten gegelt. Es dauert nur Bruchteile einer Sekunde, bis seine wundervollen blauen Augen meine in den Bann ziehen und wie eine Gefangene an sich binden. Sie rauben mir alle Sinne und ich folge ihm. Meinen Arm hake ich bei ihm unter und er führt mich galant an das Ende des großen Raumes. Auf dem Weg dahin beugt er sich zu mir und fragt mich ganz leise etwas.

»Wie sehr liebst du mich?«

Seine Stimme ist nicht mehr als ein Hauchen, damit niemand anderes ihn hören kann. Ich bin von dieser Frage vollkommen überrascht und sehe ihn nur stumm an. Seine Augenbrauen heben sich und er wirkt recht nervös.

»Zoe?«

Ich muss mich räuspern.

»Wieso fragst du mich das? Du weißt, dass ich dich über alles liebe. Ich bin doch gerade hier, das sollte dir doch eigentlich schon Antwort genug sein.«

Zufrieden brummt er: »Gut.«

Gut? Das ist alles? Warum ist dieser Mann nur so seltsam? Ich glaube das Buch mit den sieben Siegeln verwandelt sich zunehmend in ein Buch mit unendlich vielen Siegeln. Immer wenn ich glaube ein Rätsel gelöst zu haben, kommt ein neues. Auch wenn ich nicht weiß was er vor hat und es mir gerade Sorgen bereitet, folge ich ihm fast schon willenlos. Die alte Zoe wäre stehen geblieben und hätte diese Geheimniskrämerei nicht mit gemacht, doch seine Ausstrahlung zieht mich mit, als würde er mich mit unsichtbaren Seilen führen.

Er stellt sich nun seinen Gästen zugewandt hin und hält meine rechte Hand ganz fest. Selbst wenn ich wollte, ich würde mich nicht aus seinem Griff lösen können. Meine Augen huschen über die Gästeschar. Mein Gott. Es müssen mehr als fünfzig Leute sein. Sie sitzen an aufgestellten Tischen, die bis in das Wohnzimmer hinein reichen. Die anderen Möbel scheinen auch weg geräumt worden zu sein, ich kann sie zumindest nirgendwo erspähen.

Ich spüre wie meine Beine zu zittern beginnen und erwidere seinen Handdruck. Ich kralle mich schon förmlich an seiner fest, um in diesem Moment der Ungewissheit Halt zu finden. Irgendwie habe ich ein ungutes Gefühl. Mein ganzer Körper kribbelt vor Aufregung. Es fühlt sich so an, wie an dem Tag, als Dylan mich in das kalte Wasser geschmissen hat und ich den Leuten meine erste Entscheidung in der Agentur erklären musste. Meine Anspannung steigt unaufhörlich an, bis Dylan mit dem Klopfen an einem Glas auf sich aufmerksam macht. Wo hat er das Glas her? Da sehe ich, dass auch vor mir eines steht. Wahrscheinlich werden wir gleich hier sitzen. Noch während ich mir alles ansehe, erklingt seine, auf mich so reizvoll wirkende Stimme.

»Danke, dass ihr alle meiner Einladung gefolgt seid.«

Die Gäste nicken ihm stumm, aber freundlich zu.

»Nun ist es an der Zeit den Grund der Einladung zu lüften. Ich habe mitbekommen, wie ihr alle Zoe gelöchert habt. Ja, ja, die liebe Neugier nicht wahr?«

Dylan schmunzelt mir dabei zu und bleibt dann mir zugewandt stehen. Mein Hirn läuft auf Hochtouren. *Was soll das hier werden?*

»Zoe. Wir haben uns auf eigenartige Weise kennen gelernt und in einigen Momenten habe ich gedacht, dich muss der Himmel geschickt haben. Ich weiß, ich bin kein einfacher Mensch, doch du ... Du wusstest nicht wer ich war und hast mir die Stirn geboten. Ja und du tust es immer noch, was mich wahnsinnig macht.«

Der Raum erfüllt sich mit Getuschel und Gekicher, sie scheinen ihn alle bestens zu kennen. Gespannt verharren die Augen der Leute auf Dylan und mir.

»Nun, wir haben in dieser recht kurzen Zeit schon viele Tiefen gemeistert und wundervolle Momente durchlebt. Deswegen möchte ich dich, Zoe, meinen Schutzengel, fragen ob du meine Frau werden willst.«

Bei seinem letzten Satz zieht er sein Hosenbein ein Stückchen nach oben und geht hinunter auf ein Knie. Er holt aus seiner Hosentasche eine kleine, mit schwarzem Samt bedeckte Schachtel und öffnet sie bei seinen letzten drei Worten. Mir bleibt die Luft weg, denn ich habe bereits vor zwei Sätzen aufgehört zu atmen.

Ich spüre wie Tränen in meine Augen steigen und meinen Blick verschleiern. Das kleine Herz in meiner Brust rast, als wäre es auf der Flucht vor der Sturmflut an Gefühlen. Meine Hände zittern bereits so sehr, dass es für alle sichtbar ist. Mein Gesicht fühlt sich an, als wäre es beim Grinsen eingefroren und ich bin nicht in der Lage mich zu bewegen, so sehr freue ich mich. Wenn ich könnte würde ich vor Glück schreien.

»Zoe, atme«, flüstert er mir schelmisch zu.

»Oh mein Gott, ja. Ja! Jaa!«, bricht es aus mir heraus.

Dylan schiebt mir den Ring über meinen Finger und ich falle ihm vor lauter Freude um den Hals. Ich nehme um uns herum kaum noch etwas wahr. Lediglich ein weit entferntes Klatschen ist zu hören und Stimmen die wirr durcheinander reden. Ich starre auf den Ring an meiner Hand. Er ist wunderschön. Er ist aus Weißgold und hat drei Steine, von denen ich denke, dass es Diamanten sein werden, in der Mitte eingefasst. Ein etwas Größerer sitzt genau mittig und daneben ist jeweils ein Kleiner. Dylan eröffnet noch das Büffet, bevor er sich nun voll und ganz mir widmet.

»Wann hast du das denn alles geplant?«, möchte ich, noch immer verdutzt wissen.

Er sieht mir tief in die Augen.

»Eigentlich schon vor der Sache mit Melania. Den Ring habe ich zu Weihnachten von meiner Mutter bekommen. Es ist ein Familienerbstück meiner Großmutter. Meine Mutter war anscheinend der Meinung, dass ich die Frau für mein Leben gefunden habe und ich auch.«

Ich glaube wenn ich keine Ohren hätte, würde ich nun einmal im Kreis grinsen.

»So, nun müssen wir uns aber dennoch einmal in das Getümmel stürzen, denn bis die Gratulanten durch sind, sind wir sonst verhungert, wenn wir nicht langsam anfangen.«

Dylan geleitet mich wieder zurück und tatsächlich müssen wir bei jedem einzelnen immer wieder stehen bleiben und einige Sätze wechseln. Es bleibt leider nicht immer nur bei den Glückwünschen, sondern auch bei Ratschlägen, Lebensweisheiten und noch mehr. Als wir fast am Büffettisch ankommen, umschlingen mich zwei Arme, ohne dass ich die Person wirklich erkennen kann.

»Ich freue mich so sehr für euch. Da hast du dir also unser Cheffchen für immer gesichert.«

Ich muss lachen und kann es kaum glauben. Dylan hat Susan eingeladen. Wie hat er das nur alles geschafft, ohne dass ich davon nur das Geringste mitbekommen konnte? Nach ein paar lieben Worten erreiche ich auch meinen Vater.

»Und du hast es doch gewusst«, murre ich leise.

»Natürlich. Dylan hat mich doch um deine Hand gebeten.«

Ich schaue ihn an. Wie altmodisch. Doch ich liebe es. Es gleicht immer mehr einem Märchen, an das ich nie zu glauben vermocht habe. Ein paar Schritte weiter kommt ein mir unbekannter Mann in Dylans Alter auf mich zu. Er sieht gut und sehr gepflegt aus. Auch er ist recht hoch gewachsen.

»Ich gratuliere«, sagt er, während er mir seine Hand reicht.

Doch auch nach der kurzen Begrüßung lässt er nicht los, sondern dreht mich kurz nach Links und Rechts.

»Da hast du dir ein echtes Wildpferdchen gefangen«, sagt er leicht spöttisch zu Dylan.

Empört sehe ich ihn an. Was bildet der sich denn ein?

»Wie bitte? Wildpferdchen?! Was bildest du dir ein«, fauche ich ihn an.

Doch als Antwort bekomme ich nur das Gelächter von Dylan und diesem seltsamen Kerl.

»Da lag ich anscheinend richtig.«

Seine Stimme klingt, als sei er von sich selbst mehr als nur überzeugt.

»Zoe. Darf ich dir vorstellen, Micha. Er ist mein ältester und bester Freund. Ich bin mit ihm aufgewachsen und wenn man seinen Humor erst einmal kennen gelernt hat, dann will man ihn nicht mehr missen.«

»Ah ja.«

Nun gut, ich wollte ja seine Freunde kennen lernen. Ich hoffe der ist nicht immer so drauf.

»Das war wirklich nur ein Spaß. Ich wollte damit sagen, dass Dylan eine gute Wahl getroffen hat. Er braucht jemanden, der ihm auch mal Paroli bieten kann.«

Der Abend ist noch sehr ausgelassen. Ich stelle meinem Vater Susan vor. Sie scheinen sich auf Anhieb zu verstehen. Je später der Abend wird, desto mehr kommt in mir die Frage auf, wo denn all die Leute schlafen werden. Sie haben doch jeder eine weite Anreise gehabt.

»Sag mal Dylan, sind die Leute eigentlich gut untergebracht?«

Sanft legt er seinen Arm um meine Taille.

»Mach dir keine Sorgen. Ich habe ganz in der Nähe für jeden der Anwesenden Hotelzimmer gebucht. Alexander fährt sie, sobald sie die Feier verlassen möchten.«

Er hat doch wirklich an alles gedacht. Aber eigentlich hätte mir das klar sein müssen. Das ist schließlich nicht die erste große Feier in seinem Leben. Er wird so Ähnliches schon häufiger organisiert haben. Gegen einundzwanzig Uhr setze ich mich das erste Mal an diesem Abend hin. Mir tut alles weh und ich bin so müde, dass ich im Sitzen einschlafen könnte.

»Ist alles in Ordnung, mein Schatz?«

Dylan ist direkt wieder besorgt um mein Wohlergehen.

»Ich bin fix und fertig. Dabei habe ich heute doch so lange geschlafen. Ich verstehe das nicht.«

»Komm wir verabschieden uns schnell von allen und dann gehen wir hoch.«

Ich erhebe meine Hand und lege Einspruch ein.

»Nein. Wir können nicht einfach so gehen. Ich habe mal irgendwo gehört, dass sich das nicht gehört. Ich werde noch ein wenig durchhalten, ich muss mich einfach nur etwas ausruhen und hier sitzen bleiben.«

»Ja, in Ordnung. Aber ich schicke dir Susan vorbei, damit sie dir Gesellschaft leistet, während ich mich um die Gäste kümmere.«

Zustimmend schenke ich ihm ein Lächeln.

»Wie geht es dir? Du siehst erschlagen aus«, erkundigt sie sich direkt bei mir.

»Ganz ehrlich? Das bin ich auch«, entgegne ich Susan. »Aber ein bisschen werde ich noch durchhalten. Dylan hat sich solche Mühe gegeben«, verträumt blicke ich zu ihm hinüber.

Susan stupst mit ihrem Knie an meins.

»Da hast du einen wahren Traumprinzen ergattert. Aber sein Freund ist auch nicht übel.«

Mein Kopf schnellt zu ihr herum.

»Was? Dieser komische Kautz? Ja, er sieht gut aus, aber sein Humor ist nicht so prickelnd. Weißt du, dass er mich als Wildpferdchen bezeichnet hat?«, sage ich empört und fuchtle leicht mit meinen Händen.

Susan prustet los und reißt mich direkt mit. So im Nachhinein ist es ja doch ganz belustigend. Ich fahre mit der Hand durch mein Haar.

»Ich glaube ich habe überreagiert, als er das zu mir sagte und ich ihn anmotzte«, gebe ich zu und ziehe leicht meine Nase kraus.

»Ja das denke ich auch. Er ist wirklich ein feiner Kerl. Und so wie ich es mitbekommen habe noch nicht vergeben«, gluckst Susan und zieht dabei eine Grimasse.

Oh Mann. Ich freue mich ja sehr, bald hier zu wohnen, doch ich werde Susan schmerzlich vermissen. Wer hört sich denn all meine Sorgen an und führt diese lustigen Gespräche mit mir, wenn sie nicht mehr da ist. Ich spüre wie mich Wehmut überkommt und sich bereits jetzt Heimweh in mir breit macht. Ganz schnell verjage ich meine trüben Gedanken. Die haben heute, an diesem Tag keinen Platz in meinem Kopf. Als endlich die letzten Gäste gegangen sind, ist es bereits Mitternacht. Ich schaffe es noch so gerade alle zu verabschieden und lasse mich dann erschöpft auf einen Stuhl fallen. Ich schließe einen Augenblick meine Augen und vergrabe mein Gesicht in den Händen, als würde ich dort neue Energie finden, um wieder aufstehen zu können. Als ich meine Lieder wieder öffne sehe ich Dylan, wie er sich neben mich hockt.

»Komm, du bist ja total am Ende. Ich bringe dich nach Oben«, sagt er und streichelt mir zärtlich über meine Wange.

Während sein linker Arm sich um meinen Rücken legt, hebt er mit dem anderen meine Beine an. Ich umschlinge seinen Hals und lehne meinen Kopf an seine Schulter. Seine Wärme, welche unsere Kleidung durchdringt, tut unglaublich gut. Als er mich sanft auf dem Bett ablegt, bekomme ich es nur noch entfernt mit und schlafe danach direkt tief und fest ein.

Kapitel 13

Als ich erwache, ist es um mich herum raben-
schwarz. Ich suche mit meiner Hand das Bett neben mir
ab, doch da liegt niemand. Langsam rapple ich mich auf
und taste mich an der Wand entlang zum Lichtschalter.
Das ist hier alles so ungewohnt für mich und ich kann
mich im Dunkeln noch nicht zurecht finden. Als die
Lampen den Raum erhellen suche ich mein Handy, damit ich schauen kann wie spät es ist. Wir haben zwei Uhr
in der Nacht. Dylan scheint mich hier nur abgelegt zu
haben und ist wieder gegangen, denn ich habe immer
noch mein Kleid an. Nur meine Schuhe hat er ausgezo-
gen.

Auf leisen Sohlen schleiche ich schon fast aus dem
Schlafzimmer. Kaum dass ich im oberen Flur stehe, höre
ich auch schon Stimmen von unten. Dylan und Alexander unterhalten sich und ich vernehme das Klappern
von Geschirr. Wie von einem Magneten angezogen gehe
ich auf die Stimmen zu und frage was sie machen, als ich
nah genug bin.

»Wir wollten dich nicht wecken, mein Schatz.«
Ich schüttle meinen Kopf.
»Nein, das habt ihr nicht. Ich bin so wach gewor-
den und du warst nicht da.«

Dylan schenkt mir einen sachten Kuss auf meinen Scheitel.

»Ich bin gleich fertig und komme nach.«

Neugierig schaue ich um die Ecke, in die Küche. Da steht Luise und räumt die Spülmaschine ein, während sie neues Waschwasser in die Spüle laufen lässt.

»Warte, ich helfe dir. Ihr seid doch auch müde.«

Gerade als Dylan Protest einlegen will, schiebt Luise mir einen Servierwagen mit dreckigem Geschirr rüber. Ich bin froh, dass sie mich nicht ganz so schonen möchte, wie Dylan es vor hat. Und was noch besser ist, dass nur sie von den Anwesenden unser kleines Geheimnis kennt. So kann Dylan nichts sagen, ohne es noch weiteren Leuten zu verraten. Ich lächle ihr dankend zu und mache mich an die Arbeit. Zwar verstehe ich nicht, warum sie das nicht am nächsten Tag machen, aber ich sage dazu nichts. Es kann auch sein, dass sie morgen selber etwas vor haben und unterwegs sind. Wir reisen ja schließlich schon am Mittag ab.

Um drei Uhr sind wir dann endlich mit dem Gröbsten fertig. Wir starten noch die letzte Spülmaschine und dann ist alles durch. Ausräumen werde ich sie dann, wenn ich ausgeschlafen habe. Als wir oben ankommen, ziehe ich mich rasch aus und hüpfe noch schnell unter die Dusche. Ich habe das Gefühl, als würde meine Haut kleben. So kann ich nicht schlafen gehen. Dylan schließt sich mir an und folgt mir direkt ins Bad. Gegenseitig seifen wir uns ein und waschen alle Anstrengungen von unseren Leibern. So fertig ich auch bin, mein Körper reagiert direkt auf Dylans Nähe und scheint seine letzten

Reserven zu mobilisieren. Jede Stelle, welche er berührt, erzittert unter seinen Händen. Zärtlich streicht er mit seinen Fingern von hinten über meine Schultern und lässt ihnen seine Lippen folgen. Das auf uns herabprasselnde Wasser verstärkt meine Empfindungen ungemein und ich bin ihm verfallen. Mein Kopf kippt nach hinten und lehnt an seiner muskulösen Brust. Alles in mir schreit danach ihn zu spüren. Ich kann von seinen Berührungen und seinen Küssen nicht genug bekommen.

Kapitel 14

Als der Wecker um zehn Uhr schellt würde ich ihn am liebsten gegen die Wand werfen oder unter einem Berg an Sachen vergraben. Ich mag noch nicht aufstehen. Dylan zieht mir mit einem Ruck das Oberbett weg.

»Aufstehen, raus aus den Federn. Wir wollen uns doch gleich nicht abhetzen müssen.«

»Hey! Lass mich«, murre ich.

Doch ich denke, ich werde keine Chance haben, noch ein wenig in Ruhe liegen bleiben zu können. Dylan wird es mir nicht vergönnen.

»Komm. Ich habe uns schon den Tisch vorbereitet.«

Verschlafen reibe ich meine Augen und gähne. Wo nimmt er nur die Energie her. Mühsam quäle ich mich aus dem Bett heraus und gehe in das Badezimmer. Ich richte mich nur notdürftig her und schlüpfe in eine Jeans und einen mollig warmen Pullover.

Der Tag scheint uns davon zu laufen. Bevor wir abgeflogen, haben wir noch einen kleinen Spaziergang zu dem See gemacht. Ich glaube es ist die richtige Entscheidung hier her zu ziehen. Mit Susan werde ich schon eine Regelung finden. Und wenn das Kind erst einmal da ist, weiß ich gar nicht ob ich überhaupt noch so viel Zeit haben werde. Ich denke da sollten es auch einige gelegentliche Besuche tun. Der Flug ist dieses Mal nicht mehr ganz so aufregend, wie noch am Anfang. Ich habe mich an das Spektakel gewöhnt, so dass ich mich einfach nur noch freue. Als wir an dem Haus ankommen, in dem wir unsere Wohnungen haben, reicht Dylan mir einen Schlüssel.

»Mein Schatz, es hat sich seit unserer Abreise etwas verändert. Nicht sehr viel, aber ich dachte wenn wir verlobt sind, sollten wir auch eine gemeinsame Wohnung hier in Deutschland haben.«

Ich verstehe nicht was er meint und noch bevor ich ihn fragen kann, landet seine Hand in meinem unteren Rückenbereich und er führt mich quasi vor sich her. Als wir in die erste Etage kommen, sehe ich schon eine enorme Veränderung. Wo es zuvor noch einen Eingang links und einen geradeaus gab, erspähe ich nur noch einen direkt vor mir. Ich bin verwirrt und schließe mit dem neuen Wohnungsschlüssel die Tür auf. Direkt trete ich in eine große Diele, von der man rechts in die Küche und geradeaus in ein großes Wohn- und Esszimmer gelangt.

Auf der linken Seite führt ein kleiner Flur entlang und es gibt vier weitere Türen. Hinter der ersten befindet sich ein großes Badezimmer. Es ist sehr modern gehalten. Die fliesen sind wie zu erwarten, in Weiß. Der Boden, so wie die Möbel in Anthrazit. Doch ich sehe an der Wand hinter der Dusche und Badewanne ein blaues Mosaik, welches sich quer über die Wand auf und ab schlängelt. Dahinter befinden sich direkt das Schlafzimmer und zwei noch leere Räume. Die Einrichtung ist an sich dieselbe geblieben.

»Wie ... Wann hast du das gemacht?«, frage ich, doch noch während ich es ausspreche bereue ich die Frage schon.

Sicher hat er es am Wochenende machen lassen, denn vorher war ich ja noch in meiner Wohnung. Noch bevor er mir antworten kann, löchre ich ihn weiter.

»Was hättest du gemacht, wenn ich nein gesagt hätte?«

Da. Da ist es wieder. Dieses überhebliche Grinsen das einem deutet, man hat keine Chance gegen ihn.

»Du hättest nicht nein gesagt.«

Sofort kommt mir in Erinnerung, dass er mich zuvor gefragt hat, wie sehr ich ihn lieben würde und wie nervös er auf dem Weg nach hinten war.

»Ja klar. Du warst dir ja so sicher bei der ganzen Sache, dass du mich vorher noch einmal checken musstest«, versuche ich so ernst es geht zu sagen.

Doch ich kann nicht an mir halten und muss schallend los lachen.

»Zoe. Mach das nicht. Heute halten meine Nerven das nicht aus, wenn du mich wieder versuchst in Angst und Bange zu versetzen«, meint er schon fast flehentlich.

Ich glaube er hatte tatsächlich Angst, es würde erneut zwischen und knallen oder ich könnte Nein sagen. Aber eigentlich geschieht es ihm Recht. Er entscheidet weiterhin einfach über meinen Kopf hinweg. Das muss ich ihm noch irgendwie austreiben. Dennoch muss ich eingestehen, er hat sich bei der Planung sichtlich Mühe gegeben.

»Was kommt in die leeren Zimmer?«

»Ich dachte an ein Kinderzimmer, direkt neben dem Schlafzimmer und das andere können wir vorerst als Arbeitszimmer nutzen.«

Ich sehe ihn fragend an.

»Vorerst?«

Dylan versucht zum ersten Mal seit ich ihn kenne, meinem Blick zu entfliehen.

»Was meinst du damit?«, hake ich nach.

»Naja, falls ... falls wir uns dazu entscheiden sollten weitere Kinder zu bekommen, dann müssen wir doch auch für ein zweites Kind Platz haben. Auch wenn es nur eine vorrübergehende Wohnung sein sollte, in der wir nur gelegentlich leben.«

Er denkt tatsächlich über weitere Kinder nach? Und das, wo er anfangs so seltsam reagiert hat?

»Du weißt aber schon, dass ich eigentlich nicht schwanger werden kann und dieses hier mehr als nur ein Glückstreffer war?«, versuche ich ihn aus seinen Plänen zurück zu holen.

»Ja schon, aber es gäbe ja auch die Möglichkeit ein weiteres Kind zu adoptieren, falls es nicht klappen sollte. Aber das hat ja alles noch Zeit.«

Zwar sagt er es würde nicht eilen, aber so wie er es ausspricht ist es für ihn beschlossene Sache, dass es nicht bei einem Kind bleiben wird. Mir gefällt das, doch ich werde es ihm nicht gleich auf die Nase binden und ihm diese Genugtuung gönnen. Zuerst müssen wir schauen, wie es mit der kleinen Erdnuss laufen wird.

»So, dann ruh du dich noch ein wenig aus, ich bereite uns einen kleinen Snack zu und dann machen wir heute, wonach dir beliebt.«

Ich gehe in das Wohnzimmer und sehe eine Zeitung auf dem Wohnzimmertisch liegen. Direkt auf der ersten Seite strahlen mich zwei, mir wohl bekannte Gesichter an. Das sind Dylan und ich. Perplex nehme ich die Zeitung und lese die Schlagzeile.

Dylan Harper weg vom Markt

Seit diesem Samstag ist Dylan Harper (36J.) mit Zoe Felter (25J.) verlobt. Sie arbeitet in Harpers Werbeagentur, welche auch einen Sitz in Deutschland hat, doch sonst weiß man nichts Genaues über Zoe. Laut Angaben werden sie ihr weiteres Leben in der Schweiz, in seinem eigentlichen Wohnsitz bestreiten. Nun ist der begehrteste Junggeselle des letzten Jahres weg vom Markt, was mit Sicherheit einige Frauenherzen brechen wird ...

Weiter lese ich gar nicht. Ich weiß nicht, was ich davon halten soll. Nun kann jeder mein Gesicht in der Zeitung sehen. Auf eine Art erfüllt es mich unsagbar mit

Stolz, dennoch spüre ich auch eine Art Furcht. Ich kann es nicht definieren, aber meine Kehle schnürt sich immer weiter zu.

»Hast du ... Hast du das schon gelesen?«, frage ich ihn mit krächzender Stimme, als er in das Wohnzimmer kommt.

Neugierig nimmt er die Zeitung in die Hand und beginnt zu lesen.

»Das ist doch prima«, ertönt seine erfreute Stimme.

Als ich ihn ungläubig anschaue, versucht er es mir zu erklären.

»Schau. Das Bild habe ich ihnen zukommen lassen und auch die wenigen Informationen. So haben sie etwas worüber sie berichten können, lassen uns aber weitestgehend zufrieden. Stell dir mal vor, es wäre nach und nach durchgesickert. Dann wären wir für Wochen in einer Spirale gelandet, in welcher man nur Fragen beantworten muss. So werden vielleicht nur zwei oder drei Anfragen für ein Interview kommen und ein paar Schnappschüsse erhascht. Das ist wesentlich leichter, als dauernd Freiwild zu sein.«

Wenn man es so betrachtet hat er wahrscheinlich Recht.

»Guck nicht so. Und außerdem bin ich als Promi nicht wirklich wichtig. Das flaut nach ein bis zwei Wochen wieder ab und dann landet alles um mich herum quasi für lange Zeit in der Versenkung. Es werden Ausnahmen sein, wenn etwas über uns berichtet wird.

Eventuell noch etwas zu unserer Hochzeit und dann zu der Geburt. Danach hast du Jahre lang Ruhe.«

Dylan nimmt mich in den Arm und gibt mir einen sanften Kuss auf meine Stirn.

»Ja. Ja du hast Recht. Schlimm ist es nicht wirklich. Ich habe nur plötzlich ein ungutes Gefühl bekommen. Ich kann es dir nicht erklären.«

»Wenn es wegen Kalle sein sollte, der sitzt noch eine Weile im Gefängnis. Und Wegen Melania brauchst du dir auch keine Gedanken zu machen. Die hat genug mit ihrem Prozess zu tun.«

Nun hat er mein Interesse geweckt.

»Was gibt es eigentlich Neues wegen ihr?«, frage ich und sehe ihn dabei durchdringend an.

Seine Gesichtszüge verhärten sich und er wird ganz ruhig. Dylans Verhalten besorgt mich und ich spüre eine innerliche Unruhe aufsteigen. Sie zieht durch meinen gesamten Körper ihre Bahnen.

»Melania ist vorerst Zuhause und wartet auf den Prozess. Sie hat abgestritten etwas davon zu wissen und versucht es so zu drehen, dass ihr das jemand in die Schuhe schieben wollte. Sie hat deinen Namen mit ins Spiel gebracht.«

Meine Augen weiten sich. Ich weiß in diesem Moment gar nicht, wie mir geschieht.

»Hey. Alles ist gut. Die Polizei hat auch in diese Richtung ermittelt, aber es konnten keinerlei Zusammenhänge festgestellt werden. Auch gegen mich wurde ermittelt, weil sie sagte, ich würde sie loswerden wollen.

Das ist alles ganz normal. Du machst dir in der Angelegenheit viel zu viele Gedanken. Am besten wird es sein, wenn wir sie einfach vergessen.«

Das sagt er so leicht. Unbewusst knibble ich an meinen Nägeln, bis Dylan meine Hände fest hält. Seine warmen Finger gleiten zwischen meine und irgendwie verleiht mir alleine diese kleine Berührung das Gefühl der Sicherheit. So lange ich bei meinem Prinzen bin, kann mir nichts geschehen.

Den restlichen Tag verbringen wir auf der Couch und sehen uns diverse Filme an. Mal etwas zum Lachen, dann wieder einen zum Gruseln. Kaum dass ich mich versehe, ist es auch schon Montagmorgen und wir beide befinden uns auf den Weg in die Agentur. Immer wieder hat das Handy von Dylan an diesem Morgen geklingelt. Im Auto bekomme ich durch die Freisprechanlage auch mit, worum es geht.

»Herr Harper, es ist alles vorbereitet. Sie wechseln eine Straße vorher das Fahrzeug und benutzen dann den Lieferanteneingang.«

Als Dylan auflegt frage ich ihn warum dieses Versteckspiel.

»Es sind die ersten Reporter da. Ich habe aber keine Lust direkt am Eingang belagert zu werden. Sie dürfen nacheinander in mein Büro kommen. Ich spiele dieses Spiel gerne mit, aber nur nach meinen Regeln.«

Er sieht mich an und zwinkert mir frech zu. Es scheint ihm sichtlich Spaß zu machen, alle Fäden in der Hand zu haben. Und tatsächlich, was er sich ausgedacht hat funktioniert. Es erwartet uns zwar eine übereifrige

Reporterin am Lieferanteneingang, doch die wird direkt mit knappen Worten abgespeist.

»Um zehn Uhr, am Vordereingang.«

Jetzt lässt er sie echt noch zwei Stunden da draußen in der Kälte stehen. Ich muss lachen.

»Was ist? Ich möchte in Ruhe meinen Kaffee trinken. Sie hätten ja auch anrufen und ein Interviewtermin ausmachen können. Dass sie nun in der Kälte stehen soll nicht mein Problem sein. Außerdem werden die Mitarbeiter auch ihre Neugier gestillt haben wollen.«

Da ist sie wieder. Diese herrische, kühle Art, welche mich so sehr fasziniert. Ich habe sie die letzte Zeit so sehr vermisst. Wenn ich ihn jetzt anschaue dann scheint es, als hätte er eine Maske aufgesetzt, bei der es kein Durchscheinen gibt. Seine Mimik ist freundlich, aber erhaben. Ich glaube in diesem Moment könnte er gut Poker spielen.

Als wir im Foyer ankommen geht Dylan mit eleganten, schnellen Schritten auf die Empfangsdame zu und sagt ihr, dass sich alle Mitarbeiter in zehn Minuten im Aquarium einfinden sollen. Irgendwie finde ich auch heute den Namen noch lustig. Nur weil das Büro aus Glaswänden besteht, nennt er es Aquarium. Dylan führt mich in den Raum hinein und wir stellen uns an das andere Ende des Tisches. Nachdem sich alle Mitarbeiter eingefunden haben, nimmt er bestimmend meine Hand und beginnt mit seiner kurzen Ansprache.

»Guten Morgen. Ich wollte Ihnen nur bekannt geben, dass Frau Felter und ich seit Samstag verlobt sind. Die Pressefritzen dort draußen warten darauf etwas

Neues zu erfahren. Ich möchte Sie bitten, dass Sie keinerlei Fragen beantworten. Auch nicht, wenn es um Ihre Person gehen sollte. Bitte verweisen Sie die Damen und Herren an mich. Nun wünsche ich Ihnen einen entspannten Arbeitstag.«

Man hört leises Geraune. Die Mienen einiger weiblicher Angestellten drohen zu entgleisen. Bei den anderen sieht es nach Freude oder Gleichgültigkeit aus. Doch jeder von ihnen spricht kurz seinen Glückwunsch aus. Als sich die Menschentraube gelichtet hat, führt er mich in sein Büro.

»Du bist bei den Gesprächen mit dabei. Bitte antworte nur, wenn ich dich anschaue. Die pikanten Fragen werde ich beantworten. Nur bleibe mit deinen Aussagen recht vage.«

Oh. Wie soll ich das machen? Ich habe doch überhaupt keine Ahnung was da auf mich zukommen wird. Was ist, wenn ich etwas Falsches sage? Meine Beine fühlen sich an, als wären sie aus Pudding und drohen bei jedem Schritt nach zu geben. *Du schaffst das,* sage ich mir immer wieder. *Du hast schon so viel geschafft, das wird ein Klacks.* Die Zeit rennt, bis die erste Reporterin das Chefbüro betritt.

Kapitel 15

Wir setzen uns alle zusammen an einen provisorisch aufgestellten Tisch. Es ist die übereifrige Pressetante, welche am Hintereingang auf uns gewartet hatte.

»Guten Morgen. Darf ich Ihnen etwas zu trinken anbieten?«, fragt Dylan höflich.

»Ich nehme gerne ein Wasser. Danke.«

Kaum hat er ihr ein Glas eingeschenkt, beginnt sie auch schon ihr Verhör.

»Das sind ja wahrlich große Neuigkeiten. Wann haben Sie beiden sich kennen gelernt?«

»Das war am vierten Dezember.«

Eilig notiert sich die Frau alles.

»Bitte verstehen Sie mich nicht falsch, aber es ist seltsam, dass ein Mann Ihres Standes, mit einer Angestellten eine Verbindung eingeht. Gibt es da nicht einige Probleme?«

Ich spüre ein Kribbeln in meinen Fingern, was bedeutet, dass sich Wut in mir auszubreiten droht. Wie kann sie so indirekt abwertend über mich sprechen. Bin ich etwa ein Nichts? Dylan scheint mich gut zu kennen und tippt mit seiner Hand unter dem Tisch gegen mein Bein.

»Ich wüsste nicht, was es da an Problemen geben sollte. Zoe Felter ist eine sehr kultivierte Dame, welche sich sicher in unseren Kreisen bewegt.«

Ich staune darüber, wie gelassen er diese nervenden Fragen beantwortet. Und nun weiß ich auch, was er damit meinte, mit den Antworten vage zu bleiben.

»Verzeihen Sie, so war das nicht gemeint. Aber Sie wissen ja, die Leser interessiert alles.«

Dylan nickt ihr mit einem freundlichen Lächeln zu.

»Wann wird die Hochzeit stattfinden?«, fragt sie an uns beide gerichtet.

Ich achte genau auf seine Reaktion, doch er schaut mich nicht an, also wird er darauf eine Antwort geben. Ich könnte ihr dazu aber auch nicht wirklich etwas entgegnen, denn darüber haben wir noch gar nicht gesprochen.

»Der genaue Termin wird in den nächsten Tagen bekannt gegeben, wenn alle Dokumente eingereicht wurden, aber es wird noch dieses Jahr sein.«

»Haben Sie schon Kinder geplant oder erwarten Sie gar Nachwuchs? Die Zeitspanne vom Kennenlernen bis zur Verlobung ging ja doch sehr rasch von Statten, da munkelt man nun, ob nicht schon etwas Kleines unterwegs ist.«

Dylan lacht laut los, während mir heiß und kalt wird. Meine Handflächen werden schweißnass und ich habe das Gefühl auf einem heißen Stuhl zu sitzen.

»Nein, Nachwuchs ist noch keiner in Sicht und auch nicht in Planung. Aber wenn sich welcher ankündigen sollte, würden wir uns darüber freuen. Nicht wahr?«, sagt er und lächelt mir zu.

Sofort erwidere ich seine Geste und greife nach seiner Hand.

»Wow. Das ist ein wundervoller Ring. Frau Felter, wie hat Ihnen Herr Harper den Antrag gemacht?«

Nun sieht Dylan mich an. Da muss ich wohl durch. Es würde dämlich aussehen, wenn er selber darauf antworten würde, wo sie doch mich angesprochen hat. Was sage ich nur? Er war fantastisch. Sicher, sie wollen viele Details, aber zu viel mag ich nicht verraten. Ich muss einen Augenblick über die Wahl meiner Worte nachdenken. Schließlich sagte Dylan gerade, ich sei eine kultivierte Dame. Ich muss in mich hinein kichern. Ich und eine Dame. Das steht in einem völligen Kontrast zu der Bezeichnung seines Kumpels. Wildpferdchen.

»Es war ein wundervoller Antrag und er hat mich auf einer Familienfeier damit überrascht. Er fiel ganz klassisch vor mir auf die Knie und machte seinen Antrag. Es war für mich wie in einem Märchen. Alles war einfach perfekt.«

Dylan streicht mit seinem Daumen über meinen Handrücken.

»Nun habe ich noch eine Frage an Sie, Frau Felter, welche unsere Leser natürlich brennend interessiert.«

Unsicher schaue ich sie an und warte auf das, was gleich kommen wird.

»Wie ist ihr Verlobter privat und wie ist ihr Liebesleben?«

Bitte was? Dylan schaut mich zwar nicht an, dennoch ergreife ich das Wort. Sofort spüre ich, wie er leicht meine Hand drückt, um mich zurückzuhalten. Er denkt bestimmt ich werde das jetzt verpatzen, aber ich kann das. Ich lerne schnell. Das sollte er eigentlich wissen.

»Er ist ein wunderbarer und aufmerksamer Mann. Eigentlich das, was sich jede Frau erträumt. Und zu dem anderen Teil Ihrer Frage, jeder Mensch braucht doch ein kleines Geheimnis, nicht wahr? Lassen wir den Lesern doch ein Stück ihrer Fantasie und verraten nicht alles«, entgegne ich ihr mit einem süßlichen Lächeln.

Sie scheint zwar nicht das gehört zu haben, was sie sich erhofft hat, dennoch ist sie mit meiner Antwort zufrieden.

»Eine letzte Frage habe ich noch an Sie, Herr Harper.«

»Bitte.«

»Wie hat Ihre Ex-Verlobte, Melania Calla diese Nachricht aufgenommen und vor allem, was ist an den Gerüchten der Betriebsspionage dran?«

Dylan lässt sich nicht anmerken, wie empört er über darüber ist. Er bleibt weiterhin höflich und verändert nicht minimal seine Mine.

»Ob Frau Calla darüber Kenntnis hat, kann ich Ihnen nicht beantworten. Wir stehen zurzeit nicht in Kontakt. Für alle weiteren Fragen in diese Richtung bitte ich Sie, einen gesonderten Termin vorne am Empfang auszumachen. Dann nehme ich mir gerne ein wenig Zeit für so eine reizende Reporterin, wie Sie. Aber heute würde das zeitlich den Rahmen sprengen und draußen stehen noch einige Ihrer Kollegen, welche auch ihre Fragen loswerden möchten.«

Sie bedankt sich noch für das nette Interview und verabschiedet sich höflich. Als sich die Tür hinter ihr schließt, atme ich tief durch.

»Das hast du wunderbar gemeistert, mein Schatz.«

»Ja, aber ich brauche das nicht immer. Wieso hast du eigentlich mit ihr geflirtet zum Schluss?«, murre ich ein wenig.

»Hat sie danach noch weitere Fragen gestellt?«, fragt er mich.

Ich schüttle meinen Kopf.

»Siehst du? Aus diesem Grund. Weibliche Reporter wird man schneller los, wenn man ihnen den Kopf verdreht«, meint er schelmisch.

Ich stoße ihm leicht in die Seite und schnaube kurz. Die nächsten Gespräche verlaufen alle ähnlich. Sobald die Fragen auf Melania gerichtet sind, verweist Dylan sie zu einem erneuten Termin. Ich denke, er wird sich vorab erst Gedanken machen müssen, was er in diesem Fall sagen kann und darf. Es sind ja schließlich laufende Ermittlungen.

An diesem Tag schaffe ich leider nicht zu viel meiner Arbeit. Ich bekomme es gerade noch so hin, meine Emails zu beantworten. Die Mappen welche zur Überprüfung auf meinem Tisch gelandet sind, so wie meine Kampagne, konnte ich nicht wirklich bearbeiten. Zum

Glück waren Susan und ich recht schnell und haben eine Menge vorgearbeitet. So entschließe ich mich die restlichen Mappen mit nach Hause zu nehmen und sie dort zu prüfen. Es sind etliche Projekte angelaufen und ich denke es wird mich den gesamten Abend kosten. Als ich vollgepackt am Wagen ankomme, welcher anscheinend von jemanden nachträglich auch am Lieferanteneingang geparkt wurde, verstaut auch Dylan noch einiges an Akten in seinem Kofferraum.

»Herr Harper. Nach Feierabend noch so fleißig?«, witzle ich.

»Immer Frau Felter. Aber Sie scheinen sich auch ein wenig Arbeit mitzunehmen. Löblich, löblich. So mag ich meine Angestellten.«

Während ich die Unterlagen neben seinen verstaue, verpasst mir Dylan einen kleinen Klaps auf meinen Allerwertesten.

»Au! Wofür war das denn?«

»Damit musst du rechnen, wenn du dich so aufreizend vor mir in den Wagen beugst.«

Ah ja. Der Herr scheint in Spiellaune zu sein, denn ich habe mich eigentlich ganz normal bewegt. Draußen ist es immer noch sehr kalt, aber zum Glück trocken. Als Dylan die Sitzheizung einschaltet beschließe ich heute mal sein Spielchen mitzuspielen. Die Seiten meines Mantels schiebe ich zur Seite und öffne ganz gelassen die obersten beiden Knöpfe meiner Bluse. Mit der rechten Hand fächere ich mir ein wenig Luft zu, auch wenn ich eigentlich friere.

»Puh. Heute ist das echt ganz schön warm. Findest du nicht auch?«, raune ich ihm zu.

Zuerst schaut er nur flüchtig zu mir herüber, doch dann verharrt sein Blick auf meinem Dekolletee. Aufreizend fahre ich mit meiner Zunge über meine Lippen und beiße auf meine Lippe. Mit meiner Hand gehe ich durch meine Haare und dann lasse ich sie über meine Brust und meinen Bauch, zu meinem Schoß hinab gleiten. Dylans Blick wird intensiv und ich sehe das Feuer in ihnen auflodern. *So mein lieber Freund, das darfst du als aufreizend bezeichnen.* Ich greife schnell nach dem Gurt, als wäre nichts.

»Können wir los? Wir haben heute noch einiges an Arbeit dabei.«

Er setzt ein süffisantes Lächeln auf. Ich denke, das wird eine Retourkutsche nach sich ziehen. Aber was er kann, kann ich auch. Wie oft hat er mich willenlos gemacht und dann › keine Zeit ‹ gehabt. Siegessicher ziehe ich eine Augenbraue hoch und schaue ihn wortlos an, bis er endlich den Wagen startet. Ich überlege, ob ich ihn nicht noch ein wenig weiter ärgern soll. Es macht mir gerade unglaublich viel Spaß. Ach doch, ein kleines Bisschen verträgt er noch.

»Wenn wir Zuhause sind, muss ich unbedingt aus den Klamotten raus. Ich habe das Gefühl in einer Zwangsjacke zu stecken.«

Kaum haben wir unsere Unterlagen im Wohnzimmer auf dem Tisch ausgebreitet, stehe ich auf und ziehe mich auf dem Weg ins Schlafzimmer aus. Aus dem Augenwinkel kann ich sehen, dass Dylan mir hinterher starrt. Jedoch sagt oder macht er nichts. Ich schlüpfe in sexy Dessous und werfe mir einen schwarzen Morgenmantel über. Ein Glück haben wir heute Morgen vergessen, die Heizungen runter zu drehen. Sonst würde ich jetzt zu einem Eisklotz erstarren.

»Ich habe etwas vom Chinesen bestellt. Ich hoffe du hast Appetit darauf«, meint er ganz beiläufig zu mir.

Ich schmiege mich in der Küche, von der Seite an ihn. Irgendwie scheint ihn das vollkommen kalt zu lassen. Jetzt habe ich ihn schon wieder verärgert. Ich schaffe das auch immer wieder. Schnell ziehe ich mir meine Jogginghose und ein T-Shirt über, während mein sexy Cheffchen duschen geht. Als er wieder aus dem Bad kommt, sitze ich bereits über den ersten Unterlagen und prüfe was noch verändert werden kann. Gedankenverloren kaue ich auf meinem Stift herum als Dylan fragt, ob das Essen schon da ist. Ich schaue auf und er steht vollkommen nackt vor mir, während er seine Haare mit einem Handtuch trocknet. Ich muss zu ulkig aussehen, mit dem Stift zwischen meinen Zähnen und meinem geifernden Blick, denn Dylan sieht erheitert aus.

»Zoe? Das Essen?«

»Äh, n-nein. Ist noch nicht da.«

Langsam läuft er katzenartig zurück und geht in das Schlafzimmer hinüber. Immer weiter lehne ich mich zur Seite, um diesem köstlichen Anblick folgen zu können, bis ich plötzlich umkippe und mit einem lauten Rumps von der Couch plumpse. Kurz darauf kommt Dylan angezogen zu mir.

»Alles ok bei dir?«

»Ja, i-ich bin nur von dem Sofa gefallen. Nix passiert« haspie ich verlegen.

Er hilft mir auf und beugt sich ganz nah zu meinem Ohr heran.

»Also von der Couch gefallen. Soso. Wie kann so etwas nur passieren?«, haucht er verführerisch hinein.

Sein warmer Atem an meinem Hals lässt mir einen kalten Schauer über den Körper jagen und ein Kribbeln steigt in mir auf. Mein Puls beschleunigt sich und mein Atem geht schneller. Dylan weicht wenige Zentimeter zurück und mustert mich von oben bis unten. Mit dem Zeigefinger zieht er den Ausschnitt meines Shirts ein Stück nach vorne, als es an der Tür schellt. Doch er bewegt sich nicht einen Millimeter von mir weg, sondern schaut erst unter mein Oberteil.

»Na zum Glück hast du dir nur etwas übergeworfen und die sexy Sachen drunter gelassen«, sagt er mit tiefer Stimme.

Ich würde mich jetzt am liebsten auf ihn stürzen, doch er dreht sich weg und öffnet dem Lieferanten. Grmpf. Das macht mich rasend. Als wir uns zum Essen setzen, haben wir nebenbei unsere Mappen aufgeschlagen. Ich sitze ihm im Schneidersitz gegenüber und schaue immer wieder verstohlen zu ihm hinüber. Er sieht so perfekt aus. Gerade hat er ein weißes Shirt und eine schwarze Jogginghose an. Da das Oberteil recht enganliegend ist, kann ich seinen perfekt definierten Körper betrachten. Jede einzelne Muskelpartie zeichnet sich auf dem Stoff ab. Meine Hände gieren danach ihn zu berühren. Und diesmal wird mir tatsächlich zunehmend wärmer. Ich sollte mich dringend auf meine Arbeit konzentrieren. Als Dylan den Tisch abräumt gelange ich zu einer Kampagne, bei der mir etwas Seltsames auffällt.

»Du sag mal, wenn vertraglich festgehalten wurde, dass ein Projekt nur eintausend Euro kosten darf, wie kann es sein, dass dann die Produktionskosten schon bei fast achthundert liegen? Da fehlen doch dann die Arbeitsstunden und so hohe Produktionskosten habe ich für Print bisher noch nicht gesehen. Zumindest nicht, bei einem kleinen Auftrag. Oder gibt es Änderungen, welche vertraglich noch nicht festgehalten wurden?«

Es gehört zwar nicht zu meinen Aufgaben, die Zahlen zu kontrollieren, doch sie sind mir direkt ins Auge gestochen. Die Kampagne ist für solche Preise zu gewöhnlich. Dylan kommt zu mir herum, beugt sich von hinten über mich und schaut sich die Unterlagen durch. Seine Brust stößt beim Atmen immer wieder sachte gegen meinen Rücken. Mit dem rechten Arm streicht Dylan beim Umblättern der Seiten den meinen. Ich spüre wie meine Sinne immer weiter vernebeln und ich gerade von meinen Empfindungen gefangen genommen werde, als würde ich in einem Spinnennetz festhängen, aus dem ich mich aus eigenen Kräften nicht befreien kann. Meine Augen schließen sich, wie von Geisterhand. Betört lege ich meinen Kopf in den Nacken und lehne an seiner Schulter. Kurz darauf streicht Dylan mir meine Haare an die Seite und lässt seine Zunge an meinem Hals entlang gleiten. Mein gesamter Körper spannt sich an und verlangt nach mehr. Die Luft in diesem Raum ist hoch explosiv. Irgendwie fällt es mir schwer zu atmen. Mit seiner Hand tänzelt er über meine Seite. Er holt tief Luft. Gebannt warte ich auf die heißen Worte, welche dieser unwiderstehliche Mann mir jeden Augenblick in mein Ohr flüstern wird.

»Das hast du gut beobachtet, mein Schatz«, zischelt er und kehrt zu seinem Platz zurück.

Ich falle aus allen Wolken. Das ist doch jetzt verdammt noch mal nicht sein Ernst. Wütend stehe ich auf und gehe laut stampfend ich die Küche, um mir ein Glas Wasser zu holen. Ich stoße unterwegs einige unverständliche Flüche gegen ihn aus. Plötzlich umfassen mich zwei starke Arme von hinten.

»Mein Schatz. Spiele nicht, wenn du dich nicht kontrollieren kannst«, spricht er mit den Kopf in mein Haar gesenkt.

Wirsch drehe ich mich aus seiner Umklammerung heraus.

»Ich kann mich sehr wohl kontrollieren«, schnaube ich ihm entgegen.

»Oh ja. Das merke ich«, und Dylans Brust hebt und senkt sich unter seinem Gelächter.

Frustriert setze ich mich wieder an meine Arbeit und versuche das quälende Verlangen, wonach mein Unterleib schreit, zu unterdrücken. Es macht mich fast wahnsinnig und ich kann mich kaum noch auf meine Arbeit konzentrieren. Immer wieder huscht mir durch den Kopf, wie toll es doch wäre meine Hände unter sein Shirt gleiten zu lassen und mit ihnen seinen Körper zu erkunden. Immer wieder aufs Neue zu entdecken. Die Gedanken sind so intensiv, dass ich sogar seine Lippen auf meiner Haut spüren kann, wenn ich ihn nur kurz ansehe. Meine Finger umklammern immer stärker den Stift, bis ich ein leises Knacken des Kunststoffes höre. Erschrocken zucke ich zusammen. *So bringt das nichts,* sage ich mir selbst und packe die Unterlagen zusammen.

Resigniert sehe ich zu Dylan hinüber.

»Ich gehe schlafen, gute Nacht«, sage ich leise.

Dass er nur sitzen bleibt und mir ebenfalls eine gute Nacht wünscht, macht mich rasend. Wie soll ich denn jetzt einschlafen können?! Das macht er mit purer Absicht.

»Mistkerl!«

Oh, hab ich das jetzt laut ausgesprochen?, ich drehe mich halb um, um zu sehen wie seine Reaktion ist, doch er ist weiter über seine Papiere gebeugt. Genervt putze ich meine Zähne. Ich schrubbe so stark, dass bereits der ganze Spiegel von kleinen weißen Punkten gesprenkelt ist. Mit einem Lappen wische ich ihn nur grob sauber und gehe zu Bett. Meine Klamotten habe ich unliebsam auf den Boden geschmissen.

Kapitel 16

Ich wälze mich in meinem Bett hin und her. Es ist bereits eine Stunde verstrichen, seitdem ich beleidigt gegangen bin. Doch anstatt sich mein Gemüt beruhigt, stachle ich mich immer weiter auf. Es gleicht einer Tortur erst angemacht und dann fallen gelassen zu werden. Außerdem muss ich zugeben, dass er Recht hatte.

›Mein Schatz. Spiele nicht, wenn du dich nicht kontrollieren kannst.‹, hallen seine Worte in mir nach.

Doch als ich gerade vor Wut auf ihn, auf mich, einfach auf alles, meine Bettdecke in die richtige Position trete, geht schwungvoll die Schlafzimmer Tür auf. Dylan bemerkt unweigerlich, dass ich noch hell wach bin und beobachtet meine Reaktion. Ich kneife wütend die Augen zu Schlitzen zusammen.

»Ah, eine kalte Dusche hätte dir vielleicht ein wenig geholfen. Ist aber auch ein unschönes Gefühl, nicht wahr?«, erklingt seine Stimme überheblich und selbstgerecht.

Was versucht er hier? Mich zur Weißglut zu treiben? Wenn ja, das gelingt ihm bestens. Grantig verschränke ich meine Arme über der Decke, welche ich mir bis zum Hals hinauf gezogen habe.

»Was willst du?!«, keife ich ihn an.

Seine Augen scheinen durch das Halbdunkel hindurch zu leuchten. Sie ziehen mich magisch an und ich habe das Gefühl, dass meine Gliedmaßen seinem heißen Blick nachgeben wollen. Der Anblick seines Körpers lässt mir förmlich das Wasser im Munde zusammen laufen und das, obwohl er noch seine Sachen an hat.

Noch mehr als vorhin, will ich seine zarte Haut über seinen harten Muskeln an meiner spüren. Bilder blitzen in meinem Kopf auf. Sein heißer, verschwitzter Körper, welcher meinen Umhüllt. Ich fechte innerlich einen Kampf mit mir selber aus. *Du wirst jetzt nicht wieder zu Butter. Ich darf ihm nicht immer wieder nachgeben.* Doch wie soll man das anstellen, wenn man eigentlich schon lichterloh brennt und es nicht erträgt?

»Genau das. Meine Furie, nackt im Bett.«

Seine Stimme klingt noch rauer als sonst und mit einem kräftigen Ruck, entreißt Dylan mir mein Oberbett. Das ist das letzte Fünkchen was es brauchte, damit ich mich nicht mehr halten kann. Ich springe förmlich auf und stürme über die Matratze auf ihn zu. Während er mich ergreift, umschließen meine Schenkel seine Taille und meine Hände vergraben sich tief in seinen Haaren. Unser Kuss, so heiß, so leidenschaftlich, schaltet all meine Gedanken komplett aus. Seine Zunge fordert mich immer wieder heraus ihm mehr Raum zu geben und die Führung zu überlassen.

Als ich dennoch nicht nachgebe, beißt er mir in die Lippe und zieht ein wenig daran, um mir zu zeigen wer hier das Sagen hat. Seine Lippen senken sich auf meinen Hals und ich habe das Gefühl, mich in einen Rausch hinein zu steigern. Mein Rücken biegt sich durch und Dylan lässt mich langsam zu Boden gleiten.

Seine Hände wandern meinen Körper ab, während er mich mit seinen Augen fixiert. Bestimmend schiebt er mich rückwärts, bis ich mit meinem Rücken an die Wand anstoße. Uh, ist das kalt. Das Gefühl lässt meinen Körper zurück schnellen, doch Dylan schiebt mich wieder an die eisige Stelle zurück. Diesmal ist es allerdings nicht mehr so unangenehm, wie im ersten Moment.

Mit seiner Hand umfasst er meine Brust und massiert sie, bis er sie mit seiner Zunge liebkost. Er spielt an meinen Brustwarzen, was kleine Stromstöße durch meinen Unterleib jagt. Unaufhörlich wandert er weiter nach unten, bis er vor mir auf die Knie geht und mein linkes Bein über seine Schulter legt. Als sein Mund meine empfindsamste Stelle erreicht, keuche ich laut auf. Von seiner Hand an die Wand gepresst und mit nur einem Fuß am Boden, kann ich mich kaum regen.

»So wunderschön und alles meins«, erklingt es, während er dabei ist mich in den Himmel zu schicken.

Benebelt von seinen Berührungen und von meiner Lust durchflutet, bekomme ich erst gar nicht mit, dass er sich bereits erhoben hat. Noch bevor ich reagieren kann, dreht er mich wirsch um und ich finde mich im Angesicht mit der Wand wieder. Seine Finger fahren über die Linie meiner Wirbelsäule und streicheln meinen Po. Dylan versetzt mir einen kleinen Klaps auf den Hintern, bevor er seine Hände quälend langsam die Innenseite meines Oberschenkels hinauf gleiten lässt.

»Bitte ...«, bettle ich um mehr.

In seiner Stimme kann ich sein Grinsen hören: »Sei nicht so ungeduldig.«

Sein Atem in meinem Nacken verursacht eine Gänsehaut bei mir. Ich will ihn endlich spüren, Eins mit ihm sein. Nach einer gefühlten Ewigkeit, in welcher er mich immer wieder streichelt und liebkost, nimmt er meine Hände auf meinem Rücken gefangen. Es blitzt ganz kurz das Gefühl der Angst und Hilflosigkeit in mir auf, doch ich weiß, hier bin ich sicher. Hier würde mir nie etwas geschehen. Ich gebe mich den menschlichen Fesseln hin und fühle einfach nur. Als sein Penis, welcher wie für mich geschaffen zu sein scheint, in mich eindringt, stöhne ich laut auf.

»Du bist so schön eng«, stöhnt Dylan hinter mir.

Mein Körper stimmt sich direkt auf seinen Rhythmus ein und wir verschmelzen miteinander. Werden zu Einem. Immer wilder wird unser Liebesspiel, bis ich am Rande der Klippe zu meinem Orgasmus stehe. Dylan scheint meinen Körper in und auswendig zu kennen.

»Zoe, ich will sehen wie du für mich kommst«, raunt er mir bestimmend zu.

Reflexartig drehe ich meinen Kopf zur Seite und schaue ihm in die Augen. Ein Funkeln blitzt darin auf, während ich in der Flut meiner Empfindungen versinke und mein Körper unkontrolliert unter ihm bebt.

»Dylan ...«, presse ich hervor, bevor ich in den Fluten unter gehe.

Kurz darauf folgt er mir mit einem wilden, animalischen Stöhnen.

»Oh Zoe ...«

Sein Griff um meine Handgelenke lockert sich, so dass ich mich zu ihm drehen kann. Zärtlich nimmt er mein Gesicht zwischen seine Hände.

»Ich liebe dich«, sagt er und küsst mich auf die Stirn, bevor er mich in das Badezimmer trägt.

Die restlichen Tage bis zum Samstag verlaufen fast alle gleich. Von früh bis spät herrscht eine geladene Stimmung bei uns. Immer wieder versuche ich mich mit ihm zu messen, doch es gelingt mir einfach nicht. Mein Fleisch ist zu schwach und mein Körper reagiert so, wie er es verlangt. Mieser Verräter. Lässt mich einfach so im Stich und überlässt ihm den Sieg der Schlacht. Die Arbeit scheint von Tag zu Tag mehr zu werden und ich habe echt Probleme das Pensum zu halten. Am Freitag lasse ich mich erschöpft zu Feierabend in seinem Büro, in den Sessel fallen.

»Dieses Wochenende wirst du dich ausruhen mein Schatz. Du hast dir einfach zu viel zu gemutet. Und ja, ich weiß du bist nicht krank. Aber dennoch musst du auch mal darauf hören, was dein Körper dir sagt.«

Meine Augen funkeln ihn an.

»Mache ich das nicht schon die ganze Zeit?«

Automatisch ist dieses Ziehen in meinem Unterleib zu spüren und mein Gesicht scheint förmlich zu glühen. Ich kann sehen, dass es Dylan nicht anders ergeht, doch er kann die Selbstbeherrschung in Person sein, wenn er will. So wie auch jetzt.

»Heute legen wir mal eine kleine Pause ein. Auch ein Nimmersatt braucht ein wenig Ruhe«, gluckst er.

Als wir nach Hause kommen, lässt er mir direkt ein Bad ein, bestellt etwas von unserem Lieblingsitaliener und trifft eine Vorauswahl an Filmen, welche wir später schauen werden. Es ist der erste Abend seit einer Woche, an dem wir keine Arbeit mit nach Hause genommen haben und es fühlt sich wahrlich gut an. Satt und zufrieden liegen wir wenig später zusammengekuschelt auf der Couch und schauen die DVDs. Ich komme das erste Mal seit einiger Zeit zum Nachdenken, was meinem wundervollen Verlobten nicht verborgen bleibt.

»Woran denkst du?«, es war eigentlich keine Frage, sondern eher die Aufforderung ihm alles zu erzählen.

»Ach, an alles und nichts«, beginne ich.

»Ich habe über das Kinderzimmer nachgedacht, über die Hochzeit, die Arbeit. Du hast der einen Reporterin gesagt, dass es dieses Jahr noch sein wird. Hast du denn schon einen Tag in Aussicht?«

Er macht mir ein wenig Platz, damit ich mich ihm zuwenden kann.

»Eigentlich wollte ich das alles morgen mit dir besprechen, aber es scheint dich ja sehr zu beschäftigen. Ich habe zwei Termine in der Auswahl. Du sollst dich dafür entscheiden, was du besser findest.«

Mein Gesicht durchfährt ein Lächeln.

»Wann sind sie denn?«

»Entweder der 30. März oder der 09. November.«

»Hmm, aber in der Kälte heiraten? Warum genau diese Tage?«, will ich wissen.

»Nun, ich denke du wirst dir dein Traumkleid anziehen wollen. Ist glaube ich so ein Frauending«, zwinkert er mir zu.

»Und außerdem dachte ich, ist es schwer, so einen langen Tag hochschwanger durchzustehen. Daher noch recht früh oder nachdem du dich von der Geburt erholt hast.«

Da hat er nicht ganz Unrecht. Mit einer dicken Kugel und dann im heißen Sommer, wird es bestimmt sehr mühselig. Aber woher soll ich wissen, wie es mir im März oder November ergeht? Was ist, wenn ich mich länger von der Geburt erholen muss, als wie es geplant ist oder wenn vorher etwas schief gehen sollte? Eine Hochzeit mal eben verschieben ist schon schwierig. Dennoch will ich lieber heute, als morgen seine Frau werden. Wie kann man nur herausfinden, was davon richtig ist? Ich scheine mit meinen Gedanken schon eine Weile abwesend zu sein, denn seine Stimme reißt mich zurück zu ihm, in unser Wohnzimmer.

»Zoe?«

Es reicht vollkommen aus, dass er nur meinen Namen sagt und ich könnte seinen Satz zu Ende führen.

»Ich weiß nicht«, fange ich zögerlich an und beichte ihm meine Bedenken.

»Nimm den Tag, zu dem dein Bauchgefühl dir rät. Passieren kann immer viel, davon dürfen wir das nicht abhängig machen.«

Stimmt. Das Schicksal hat eh schon seine Fäden im Voraus gesponnen.

»Dann möchte ich, dass wir am 30. März heiraten.«

Mein, nein, unser Baby soll unter seinem Namen geboren werden. Nun kommen direkt neue Fragen in mir auf. Ich springe wie von der Tarantel gestochen auf und krame im Arbeitszimmer nach Stift und Zettel. Ich war so schnell, dass Dylan kaum Zeit hatte eine Reaktion zu zeigen. Ich höre ihn mir noch nach rufen, aber ich antworte nicht. In zwei Minuten bin ich ja eh wieder da.

Eilig notiere ich
Gästeliste
»Wer kommt denn bei so etwas eigentlich alles?«
Dylan lacht laut los.

»Mein Schatz, um so etwas brauchen wir uns nicht zu kümmern. Da gibt es Leute für, welche sich darum Gedanken machen und alles erledigen.«

Mit offenem Mund starre ich ihn an. Wäre ich eine Wand, würde ich gerade auseinander bröseln.

»Nein!«, stoße ich hervor.

Sofort richtet er sich auf. »Wie, nein?«

Ich brauche einen kleinen Augenblick, um mein Gemüt etwas herunter zu fahren.

»Nein. Das ist meine Hochzeit, unsere. Da will ich selber entscheiden können und es nicht an andere abgeben.«

Dylan versucht es mir zu erklären.

»Aber so wird es nun einmal bei uns gehandhabt.«
Meine Stimme wird trotzig.

»Dann wird es halt ab jetzt anders *gehandhabt*. Wir heiraten und nicht die.«

Mein Blick wird kalt und hart. Regelrecht erbarmungslos. Es ist das erste Mal, dass Dylan mich mustern muss und überhaupt nicht weiß, wie er darauf reagieren soll. Das ist eine Sache, in der ich nicht mit mir verhandeln lasse. Das spürt er auch direkt und hakt nach.

»Zoe, weißt du was das für eine Arbeit ist?«

»Ist mir egal. So oder gar nicht!«

Mit einem Mal pustet er die Luft aus seinen Lungen.

»Na gut. Ich weiß wann ich mich geschlagen geben muss. Dann lass mal hören wie deine Gedanken sind. Ich hoffe meine Ideen dürfen auch ein Plätzchen finden.«

Wie ein Honigkuchenpferd grinse ich ihm breit entgegen. Dann erkläre ich ihm, dass ich eine schlichte Torte haben möchte. Nichts was übermäßig verziert ist. Eine Kutsche wird mir bei der Jahreszeit zu kalt sein, daher möchte ich lieber mit einem Wagen dort ankommen. Susan möchte ich als meine Trauzeugin. Mein Vater soll mich zum Altar führen, jetzt wo ich ihn endlich wieder habe. Zwangsläufig denke ich bei meinen Ausführungen an meine Mutter. Irgendwie habe ich sie die letzte Zeit überhaupt nicht vermisst oder gar an sie gedacht.

Aber wie könnte ich mein altes Leben auch nur eine Sekunde vermissen? Was sie getan oder eher nicht getan hat, war grauenvoll. Sie war mit daran schuld, dass mein Leben so auseinander gebrochen ist. Sie hat mich als

Sündenbock für etwas herhalten lassen, worauf ich keinen Einfluss gehabt habe. Nein. Da brauche ich nicht darüber nachzudenken, ob so ein Mensch jemals zu meinem schönsten Tag kommen darf. Dennoch schreibe ich ihren Namen auf die Liste und setze dick dahinter, *unter allen Umständen ausgeladen.*

Immer wieder taucht sie mit ihrem Gesocks in der alten Wohnung, vor meinem inneren Auge auf. Ich kann den Gestank von Kalle riechen, so intensiv sind meine Rückblicke. Als die Szene in mir auftreibt, wo er sich das letzte Mal über mich her gemacht hat, zucke ich zusammen.

»Hallo?«, fuchtelt Dylan aufgeregt vor mir mit seinen Händen.

Ich muss ein paar Mal schnell hinter einander blinzeln und frage irritiert, was los ist.

»Wo warst du denn? Du warst fast zehn Minuten weggedriftet und hast so verängstigt ausgesehen.«

Mein Kopf senkt sich. Ich will es ihm nicht erzählen, dann besteht er auf seine dämliche Therapie. Aber anlügen mag ich ihn auch nicht.

»Kalle«, presse ich aus zusammengebissenen Zähnen hervor.

Ich höre wie er scharf die Luft durch seine Zähne saugt, doch er sag nichts, was mich verwundert. Er lässt mir meinen Freiraum ohne mich zu irgendetwas zu drängen.

Kapitel 17

Die letzten zwei Wochen sind an uns nur so vorbei-
gezogen. Im Eiltempo haben wir eine Gästeliste aufge-
stellt und die Einladungen heraus geschickt. Einige
Leute waren verwundert und haben Dylan dazu be-
fragt, warum es so eilig mit der Hochzeit ist, da nur so
kurze Zeit zwischen ihr und der Verlobung liegt. Er hat
sie aber alle damit zufrieden stellen können, dass das Leben zu kurz wäre und wenn er eine Entscheidung getroffen hat, sie auch unwiderruflich sei.

Dylan und ich haben besprochen, dass wir die
Schwangerschaft nach der Trauung, auf der privaten
Feier bekannt geben werden. Dann, wenn keine Presse
dabei ist. Die Einladungskarten, einfach ein Traum. Sie
waren weiß und die Aufschrift war rot, mit goldenen,
geschwungenen Linien verziert, welche sich zu einer
Schleife zusammen schlängeln.

Ich mag diese schlichte Eleganz und auch Dylan hat
sich bei der Auswahl zuerst auf diese Karte gestürzt. Mit
Susan und Fiona war ich bereits letzte Woche in einem
Brautmodengeschäft. Zwar sollte ich mir die Kleider
Zuhause aussuchen, es wäre extra jemand vorbei gekommen, aber das wollte ich nicht. Es sollte alles so sein, wie
man es aus den Filmen kennt. Wo die Frau mit ihren

Freundinnen einen verrückten Tag verbringt und ein Kleid nach dem anderen angezogen bekommt. Wo sich die Freundinnen mit einem Glas Sekt oder Champagner auf ein Sofa oder auf Stühle setzen und sich darüber kaputt lachen, wenn man etwas komplett unpassendes an hat.

Und ganz genau so lief es ab. Susan und Fiona haben sich auf Anhieb verstanden und es wurde sehr lustig. Erst hatte ich ein Kleid an, in welchem ich nicht mal einen Schritt machen konnte, ohne wie ein Pinguin zu watscheln. Danach gab es eines, das war mit so viel Tüll ausgestattet, damit hätte ich durch keine Tür gepasst, geschweige denn in ein Auto. Außerdem sah ich darin schrecklich aus. Wie ein Stab Zuckerwatte.

Die restliche Planung verlief eigentlich eher nebenbei. Ich habe mir Sachen ausgesucht, Dylan hat dann gesagt was ihm gar nicht gefällt und alles andere haben wir gekauft oder bestellt. Unsere Feier wird auf dem Anwesen seiner Eltern, in Bray stattfinden. Ich bin schon so aufgeregt

Die meiste Zeit freue ich mich wie ein kleines Kind. Das alles scheint mir neue Energie zu verleihen. Seit einigen Tagen leide ich wieder unter schlimmen Alpträumen und wache nachts des Öfteren schweißgebadet auf. Dylan versucht mich immer zu beruhigen und ist einfach nur für mich da. Er sagt nie etwas, aber sein Blick verrät mir, wie hilflos er sich selber fühlt. Ich habe ihm versprochen, dass wenn die Hochzeit vorbei ist, ich mit jemanden darüber reden werde. Damit beginne, alles aufzuarbeiten. Im Moment fühle ich mich nicht stark genug dafür, das alles zu verkraften. Es ist so vieles was auf mich zu rollt. Meine Vergangenheit, das Baby, die Hochzeit.

Heute ist schon wieder Freitag. Kaum zu glauben, dass die Interviews bereits zwei Wochen zurück liegen. Dylan hatte Recht mit dem, was er sagte. Wenn man von sich aus etwas Preis gibt, lassen einen die Bluthunde in Ruhe. Hinzu kommt auch noch, dass Dylan nicht der Promi ist, welcher dauernd in den Medien auftaucht und daher wohl nicht so sehr gefragt ist, wie andere. Als ich auf meine Uhr schaue sehe ich, dass es gleich schon sechzehn Uhr ist. Schnell werfe ich noch einen Blick in meine Emails. Einige beinhalten Angebotsanfragen. Da ich dafür nicht zuständig bin, leite ich diese an die verantwortliche Person weiter.

Andere enthalten nachträgliche Änderungswünsche an Susans und meinem Projekt. Ich drucke mir alles aus und lege mir eine Mappe für Montag bereit. Dylan hat mir untersagt, dass ich am Wochenende Arbeit mit nach Hause nehme. Er bewundert zwar meinen Eifer, aber wenn er mich nicht bremsen würde, würde ich noch mehr arbeiten, als er. Müde und erschöpft schaue ich auch noch einmal im Spamordner nach.

Nacheinander lösche ich alles, bei dem ich direkt weiß, dass es sich um Werbung handelt. Doch da ist eine Nachricht, welche meine Aufmerksamkeit auf sich zieht. Der Absender heißt *DarkKnight*, als Betreff steht nur DWS. Ich bin hin und her gerissen, ob ich sie öffnen soll oder nicht. Ich will keinen Virus auf dem Rechner hoch laden, doch ich muss ja keinen Anhang öffnen. Zumal es diesen eh nicht gibt. Ich entschließe mich dazu, darauf zu klicken. Zu groß ist meine Neugier.

Hallo Zoe,
mal sehen, wie lange du durchhalten
wirst. Ich habe ein Spiel für dich.
Die Regeln erkläre ich dir im
weiteren Verlauf. D w s ist eine
Abkürzung. Jeder Buchstabe ist
der Anfang eines Wortes. Schicke
mir innerhalb von zwei Stunden
die Antwort und ich werde dir sagen,
was du gewonnen oder verloren hast.
Sprich mit niemanden darüber!
Wenn doch, gibt es Strafpunkte
Dark Knight

Perplex lese ich die Mail immer wieder durch. Ich habe keinen Plan, was das werden soll. Ist sie von Dylan, der wieder ein Spiel spielen mag? Ich beschließe nicht darauf zu reagieren, doch eine halbe Stunde Später trudelt eine neue Nachricht ein.

Tick Tack, die Zeit läuft ab. Lasse
sie nicht ungenutzt verstreichen,
die Folgen können fatale
Auswirkungen haben.
Dark Knight

Mich überkommt ein flaues Gefühl. Auch wenn eigentlich nichts Schlimmes darin steht, fühlt diese Nachricht sich bedrohlich an. Ich rätsle hin und her, was diese drei Buchstaben bedeuten können. Wenn sie von Dylan sein sollte vielleicht, *Das wird schön*. Ist damit die Hochzeit gemeint? Ich habe ihn mal Traumprinz genannt, vielleicht nennt er sich daher Ritter. Ich fasse meinen Mut zusammen und schreibe meine Vermutung als Antwort. Prompt springt mein Emailprogramm auf.

FALSCH
Doch ich will nachsichtig sein. Du
kennst die Bedingungen noch nicht.
Versuche es erneut und schicke
nicht die erstbeste Idee. Wähle sie
mit Bedacht. Es kostet dich mehr
als dir gerade klar ist. Nämlich
einen Tag.
Dark Knight

Ich verstehe nicht. Meine Brust hebt und senkt sich immer schneller, als würde ich an einem Wettlauf teilnehmen. Einen Tag. Es kostet mich einen Tag. Aber was genau? Einen Tag Arbeit? An das offensichtliche wage ich nicht einmal zu denken. Doch kaum dass ich versuche diese absurde Idee zu verdrängen, frisst sie sich tief in die Regionen meines Gehirns. *Du wirst sterben.* Ich überlege noch eine ganze Zeit hin und her, was es noch bedeuten könnte, aber mehr fällt mir nicht ein. Mit zitternden Fingern tippe ich diese Antwort ein. Wenn das nicht stimmt, mache ich mich gerade zum Volldeppen, aber wenn es wahr sein sollte … Was soll ich denn dann tun? Aufgeregt trommle ich mit meinen Fingern auf der Tischplatte und warte auf die Reaktion. Mit einem Bing steigt mein Puls schlagartig an.

Gratulation!
Dir wurde kein Tag deiner
verbleibenden Zeit abgezogen. Nun
zu der nächsten Aufgabe. Unter
diesem Text siehst du zwei Bilder.
Von wann sind sie? Antworte Weise,
diesmal soll der Schaden nicht dich
persönlich treffen.
Dark Knight

Ich scrolle mit einem Dröhnen in meinen Ohren, welches durch das Rauschen meines Blutes entsteht, etwas hinunter und da sehe ich Susan, Fiona und mich. Wir stehen vor dem Brautladen und gehen hinein. Verfolgt der Irre mich etwa? Und was soll bedeuten, dass der Schaden nicht mich treffen wird? Will er ihnen etwas antun?

Zögernd kaue ich auf einem Fingernagel. Ich weiß nicht, ob ich noch etwas antworten soll und wenn, was? Zu meiner Angst mischt sich Wut. Wieso kann es nicht einmal einfach und ruhig bleiben? Das lasse ich mir nicht gefallen. Melania und Kalle haben mich schon eingeschüchtert, das passiert mir nicht erneut. Ich schnappe mir die Tastatur und schreibe Hals über Kopf drauf los.

Die sind aus der letzten Woche, das
weißt du selbst, du krankes Arschloch.
Und wenn du meinst, dass du
mich damit einschüchtern kannst,
hast du dich geschnitten. Du wirst es
bereuen mit so einem Schwachsinn
begonnen zu haben.

Doch bevor ich auf *Senden* drücke, halte ich inne. Nein, ich werde ihm keinen Vorsprung lassen. Ich rufe Fiona von meinem Handy aus an und frage, ob alles in Ordnung sei. Als ich höre, dass sie gerade Urlaub macht und sich in Frankreich befindet, bin ich beruhigt. Ich sage ihr, dass sie unbedingt auf sich aufpassen soll und erkläre ihr alles in Kürze. Sie ist schockiert.

»Mach dir keine Sorgen. Ich werde veranlassen, dass ich hier Schutz bekomme. Hast du Dylan schon ...«

»Nein, er erfährt es jetzt gleich«, unterbreche ich sie.

»Sehr gut. Ich komme so schnell es geht zurück. Vielen Dank für die Warnung und pass auf dich auf.«

Sie bedankt sich für die Warnung. Ohne mich gäbe es doch überhaupt keine Bedrohung. Nachdem ich aufgelegt habe, drücke ich auf den gefürchteten Button. *Ich hoffe du erstickst an deinem Zorn,* denke ich. Ich bestelle Dylan und Susan in mein Büro und kurz darauf klopft es auch schon an meiner Tür. Beide sehen mich verwirrt an.

»Was ist denn so Dringendes?«, will sie von mir wissen und ist sichtlich überrascht über mein Verhalten. Ich winke beide zu mir.

»Seht es euch bitte selbst an«, sage ich leicht abgehetzt.

»Deine Schwester weiß schon Bescheid«, füge ich noch hastig hinterher.

Nun ist Dylan komplett durcheinander. Sie stellen sich, einer rechts und einer links neben mich. Susan klappt die Kinnlade immer weiter hinunter und Dylans Miene versteinert sich. So wütend habe ich ihn noch nie zuvor gesehen.

»Wieso lässt du dich verdammt noch mal auf so ein Spielchen ein und antwortest auch noch?!«, keift er mich zornig an.

Ich bin so verdattert, dass ich meinen Mund öffne und wortlos wieder schließe. Seine Art mit mir zu reden schockiert mich gerade bei Weitem mehr, als diese dämlichen Mails.

»Du hättest direkt damit zu mir kommen sollen und nicht wieder auf eigene Faust handeln.«

»Verdammt das habe ich doch. Ich dachte zuerst, dass die Mail von dir ist. Woher soll ich denn wissen, dass da so ein Müll bei rum kommt«, fauche ich zurück.

»Denk das nächste Mal doch wenigstens ein paar Minuten nach, bevor du handelst!«

Meine Augen funkeln ihn an.

»Ach, willst du mir sagen, dass ich nicht denken kann?!«, fordere ich ihn weiter hinaus.

»Zoe, dreh mir nicht das Wort im Munde um«, meckert er, während er sich mit der Hand durch sein Haar fährt.

Susan sagt während der ganzen Zeit nicht ein Wort und weicht ein Stück zur Seite. Wie ein gefangenes Tier wandert Dylan nun in meinem kleinen Büro auf und ab. Hastig tippt er auf seinem Mobiltelefon herum und hält es sich ans Ohr.

»Ja, Dylan hier. Bitte greife auf den Rechner von Zoe zu und finde heraus, wo die Emails eines *Dark Knight* her kommen. Ich brauche auch vorsorglich Schutz für Zoe, Fiona und Susan ... Ja ... Werde ich machen ... Danke, bis gleich.«

Fragend und stumm blicke ich zu ihm rüber.

»Alexander kümmert sich darum. Wir müssen eine Stunde länger hier bleiben«, spricht er uns barsch an und verlässt dann mit einem lauten Knallen der Tür mein Büro.

Susan und ich fahren gleichermaßen zusammen. Ich bin noch so erstarrt von der Art, wie er mit mir gesprochen hat, dass ich mich nicht bewege. Meine Freundin räuspert sich.

»Mach dir keine Sorgen. Ich hätte das am Anfang auch nur für einen Scherz einer meiner Bekannten gehalten. Lass ihn sich beruhigen, er macht sich nur Sorgen.«

Nickend blicke ich sie an.

»Es tut mir leid, dass ihr dort mit hinein gezogen werdet. Irgendwie ziehe ich Scheiße an, wie ein Magnet.«

Ich lasse meinen Kopf in meine Hände sinken und spüre, dass die Wut wieder der Angst Platz macht. Susan setzt sich zu mir und wir überlegen gemeinsam, ob wir an dem Tag irgendetwas Seltsames gesehen haben, als wir Shoppen waren. Doch so sehr wir uns auch das Hirn zermartern, da ist nichts. Alles war normal. Keine merkwürdigen Leute, keine Gefühle beobachtet zu werden.

Es dauert ein wenig, bis Dylan wieder zu uns kommt. Die meisten der Angestellten sind schon im wohlverdienten Feierabend und wir hocken hier noch rum und warten darauf, was als nächstes kommt. Mein Rechner ist noch an und es kamen zwei weitere Nachrichten von besagtem *Dark Knight*. Jedoch haben wir sie nicht mehr geöffnet. Ich will überhaupt nicht wissen, was er noch schreibt.

»So, wir können. Wir fahren zuerst bei Susan vorbei. Du packst bitte deine Sachen für ein paar Tage. Unsere werden bereits zusammen gesucht und dann werden wir weg fahren. Meine Schwester ist schon auf dem Weg«, weist Dylan uns an.

Susan versteht nicht ganz.

»Wie, wir fahren weg? Wo hin? Ich habe Haustiere, die kann ich nicht mal eben alleine lassen.«

»Es wird sich darum gekümmert«, presst er ungeduldig zwischen seinen Zähnen hervor.

Anscheinend ist seine Laune noch weiter in den Keller gerutscht. Kopfschüttelnd gehe ich an ihm vorbei und durch die Tür, welche er uns aufhält. Direkt vor der Eingangstür steht ein schwarzer Geländewagen mit getönten Scheiben. Wir können quasi direkt in den Wagen schlüpfen, so nah ist er. An den Seiten des Autos warten zwei bewaffnete Männer. So wie sie aussehen, verbringen sie die meiste Zeit ihres Lebens in einem Fitnessstudio. Sie sind groß, bullig und ihre Gesichter wirken kalt und leer. Der eine hat blonde, kurze Haare und der andere dunkle, etwas längere, welche zu einem kleinen Zopf zusammen gebunden sind. Mich fröstelt es bei ihrem Anblick. Susan ist näher zu mir gerückt und nacheinander rutschen wir auf die hintere Sitzbank. Susan sitzt am Fenster, ich in der Mitte und dann steigt Dylan zu uns.

»Guten Abend, Herr Harper. Alexander hat uns bereits teilweise in Kenntnis gesetzt. Wir müssen lediglich den Ort von Ihnen erfahren, wo wir hin sollen«, sagt der Blonde mit einem Blick in den Rückspiegel.

»Sehr schön«, ertönt es neben mir.

Dylan gibt ihnen die Adresse von Susan und schon brausen wir davon. Eine erdrückende Stille macht sich in dem Auto breit und ich beginne zu frieren. Doch ich traue mich nicht, auch nur einen Mucks zu machen. Susan beobachtet die Straßen, durch die wir dahin rollen. Ungewollt beginne ich zu zittern. Mit jeder weiteren Minute wird es frostiger. Da wir so eng zusammen sitzen bemerkt es Dylan und bei dem ertönen seiner Stimme zucke ich zusammen.

»Ist dir kalt?«

Seine Stimme ist jetzt wieder so sanftmütig, wie immer.

»J-Ja, ein wenig«, stammle ich.

Sofort drückt er auf einigen Knöpfen direkt vor mir herum.

»Gleich wird es besser«, meint er und legt seine Hand auf meinen rechten Oberschenkel.

Es dauert nicht lange und schon halten wir vor dem Haus, wo Susan wohnt. Gerade, als sie die Wagentür öffnen und aussteigen will, wird sie von dem Beifahrer gestoppt.

»Einen Moment bitte. Wir schauen uns zuerst um.«

Seine Stimme ist sehr rau und klingt genauso bestimmend wie die von Dylan, wenn er genervt ist. Als sie sich umgesehen haben, begleiten beide meine Freundin zu ihrer Tür. Den Wagen allerdings verriegeln sie von außen.

»Ich verstehe das nicht. Warum wird wegen der Emails so ein Drama gemacht? Hätte man nicht einfach eine Anzeige bei der Polizei machen können?«

In dem Moment, in dem ich meinen Satz zu Ende spreche, bereue ich ihn auch schon. Dylan schaut mich an, als wäre ich eine kleine, naive Göre.

»Kannst oder willst du nicht verstehen, dass euer Leben bedroht wird? Es stand da drin, dass du sterben wirst. Ob derjenige nun die Macht dazu hat oder nicht, weiß noch niemand. Und da glaubst du allen Ernstes ich würde dieses Risiko eingehen, wenn ich die Mittel dazu habe, euch zu schützen?«, sagt er ruhig, aber dennoch sehr verärgert.

Tief atme ich durch und lasse meinen Kopf sinken. Es bring nichts in diesem Moment mit ihm darüber zu reden. Wahrscheinlich würden wir uns noch gegenseitig in der Luft zerfetzen, wenn ich auf meinen Standpunkt beharre und ihm meine Meinung dazu sage. Das kann bis später warten. Ungeduldig schaue ich wieder auf. So langsam könnten sie doch aus der Tür raus kommen. Meine Füße wippen vor Anspannung auf und ab, bis Dylan sie mit seiner Hand und einem kräftigen Druck zum Stillstand bringt.

»Beruhige dich. Sie werden gleich kommen.«

Und genau in diesem Moment erscheinen sie auch schon wieder. Mein Verlobter hat bereits sein Handy in der Hand, als Susan sich zu uns setzt.

»Was für Tiere hast du?«, fragt er eilig, während ich es leise von rechts tuten höre.

Wie beiläufig sagt sie es ihm.

»Hallo Thomas, bitte lass die Tiere von Frau Hedelich abholen. Es sind ein Hund und zwei Katzen. Sie müssen die nächsten Tage betreut werden. Es besteht zur Zeit eine heikle Situation«, diktiert er einer mir fremden Person.

»Wer ist Thomas?«, will ich neugierig wissen.

»Er ist ein alter Bekannter, welcher seit einigen Jahren zurückgezogen lebt und eine Tierpension besitzt.«

»Aber was ist, wenn ihm etwas passiert? Wir sind mit Schutz hier, dann kann er doch nicht …«

»Doch kann er. Er kann sich selbst beschützen, dafür braucht er niemanden«, unterbricht mich Dylan schroff und lässt keinen Raum mehr zu weiteren Nachfragen.

Sofort hat er schon eine weitere Nummer gewählt. Er scheint gerade einiges zu organisieren. Meine Gedanken ziehen mich ein Stück weit fort, so dass ich um mich herum kaum noch etwas mitbekomme. Ich frage mich wo wir nun hin fahren, doch ich denke nicht, dass ich darauf eine nette Antwort erwarten kann. Auch Susan sitzt stumm neben mir und traut sich nicht etwas zu sagen. Dennoch ist ihr Gesichtsausdruck nicht mehr so besorgt wie noch zuvor, als sie noch nicht wusste, was aus ihren Tieren wird. Anscheinend bedeuten die drei alles für sie.

Nachdem Dylan fast eine Stunde immer wieder telefoniert und Nachrichten geschrieben hat, öffnet er den obersten Knopf seines Hemdes und lehnt sich erschöpft in den Sitz zurück. Mich selbst überkommt eine Müdigkeit, gegen die ich es kaum noch schaffe, anzukämpfen. Ich gebe mich ihr hin und schließe meine Augenlider.

Kapitel 18

Als ich erwache, liege ich in einer warmen Decke eingehüllt, auf einer Couch. Unsicher sehe ich mich in diesem, mir fremden Raum um. Draußen geht bereits die Sonne auf und ich kann alles deutlich erkennen. Die Wände bestehen aus Holz. Es sind große Baumstämme, welche übereinander liegen. Wir sind also in einer Holzhütte. Zu meiner Rechten prasselt ein kleines Feuer in einem Kamin und es ist schön warm.

Zögernd stehe ich auf und versuche jemanden zu finden. Es ist mucksmäuschenstill. Ich gehe durch den Raum und vor mir ist eine halboffene Küche. Auch hier befindet sich niemand. Als ich zu dem Eingang gehe sehe ich, dass eine Treppe hinauf in die obere Etage führt. Zaghaft steige ich die ersten Stufen empor und rufe nach Dylan und Susan. Da ich keine Antwort bekomme, schleiche ich auf leisen Sohlen weiter. Oben angekommen, gibt es drei Türen. Gerade als ich die zu meiner Rechten öffnen möchte, tritt jemand aus dem Raum, direkt geradeaus, in den Flur. Mir stoppt kurz das Herz, bis ich ihn erkenne.

»Du bist ja schon aufgewacht, mein Schatz. Möchtest du auch duschen gehen?«

Schnell schlinge ich die Arme um meinen Körper. Darauf kann ich ihm keine Antwort geben, denn ich weiß es nicht. Langsam scheine ich zu realisieren, dass ich die Gefahr tatsächlich auf die leichte Schulter genommen habe. Nun sind wir hier irgendwo im Nirgendwo und ich habe keine Ahnung, was als nächstes geschehen wird.

Die Gefahr bei Kalle kannte ich und auch mit Melania konnte ich Entscheidungen treffen. Ich kannte quasi meine Gegner, aber jetzt? Jetzt ist es nur ein Name und ich weiß nicht, wie viel Macht er tatsächlich besitzen könnte. In mir keimt Hilflosigkeit auf und ich schmecke den bitteren Geschmack in meinem Mund, welcher auftaucht bevor mir die Tränen kommen. In dem Moment, als ich meine Augen zu mache umschließen mich zwei strake, warme Arme. Ich vergrabe meinen Kopf an seinem Hals und kralle mich an seinem Shirt fest. Am liebsten würde ich ewig so stehen bleiben.

»Es wird alles wieder gut werden. Mach dir keine Sorgen«, versucht er mich zu beruhigen.

»Komm, wir gehen runter und bereiten das Essen zu. Dann erkläre ich euch alles.«

Das hört sich gut an. Zwar habe ich keinen Hunger, dennoch bin ich neugierig, was er uns zu berichten hat. Wir bereiten nur ein paar Schnittchen zu und gerade als wir alles zum Tisch im Wohnzimmer bringen wollen, kommt Susan zu uns.

»Hallo Susan. Deinen Tieren geht es gut. Thomas hat sie abgeholt und sie mit zu seinem Anwesen genommen«, erklärt Dylan als aller erstes.

Susan atmet vor Erleichterung tief durch und bedankt sich bei Dylan.

»Also. Bisher sieht es so aus, dass wir die IP-Adresse von demjenigen haben, der dir diese Mails geschickt hat. Nun warten wir nur noch auf die Adresse. Die sollten wir aber auch recht fix bekommen. Seht es also einfach, als ein Erholungswochenende.«

Er hat leicht reden.

»Wo sind wir denn hier eigentlich?«, frage ich recht leise.

»Wir sind in Osterode, am Sösestausee. Das ist im Harz.«

Verwirrt kratze ich an meiner Schläfe.

»Ist das hier dein Haus?«

Dylan muss leise lachen.

»Nein, das ist das Ferienhaus von Micha. Hier kann ich jeder Zeit hin, falls etwas sein sollte.«

Dylan ist die nächsten Stunden nur damit beschäftigt Telefonate zu führen, bis auch seine Schwester bei uns eintrifft. Aufgeregt und neugierig will sie alles ganz genau wissen. Ich habe ihr im Büro ja nur eine Kurzfassung geben können. Sie ist sichtlich erstaunt darüber und zerbricht sich nun auch den Kopf, ob sie jemanden gesehen haben könnte. Schweigend sitzen wir auf der Couch und versuchen das kleinste Detail in unseren Hirnwindungen zu entdecken, aber das ist nicht einfach. Wir haben an dem Tag auf nichts Besonderes geachtet. Außerdem macht es die Sache nicht gerade leichter, wenn man immer wieder bewaffnete Männer durch das Haus laufen sieht. Es ist ein eigenartiges Gefühl. Eigentlich sollten sie einem das Gefühl von Sicherheit geben, aber mir machen sie umso mehr Angst. Mein Körper ist zum Zerbersten angespannt und ich habe das Gefühl, als würde ich unter Strom stehen. Die Gespräche gehen uns bereits am Nachmittag aus und wir sitzen nur noch stumm da, um dem nächsten Anruf zu lauschen. Dylan kommt auf uns zu und strahlt regelrecht.

»Ihr könnt euch wieder entspannen. Sie haben jemanden verhaften können. Er wird bereits verhört.«

Fiona macht große Augen.

»Wer ist es?«

Auch Susan und ich schauen wissbegierig auf.

»Es ist ein Daniel Kernet. Er ist erst dreiundzwanzig. Sagt dir der Name etwas, Zoe?«

Ich runzle meine Stirn und denke angestrengt nach.

»Nein, habe ich noch nie gehört. Weiß man schon warum er das gemacht hat?«

»Bisher wissen sie nur, dass er ein Hacker ist, der anscheinend Langeweile hatte. Dieser Typ hat ausgesagt, dass er euch durch Zufall gesehen hat und sich einen Spaß daraus machen wollte. Angeblich hat er sich in eure Handys einloggen können und hat es für sich als neue Herausforderung gesehen. Die Befragungen werden aber noch andauern.«

Meine Schultern sacken zusammen. Alles nur ein blöder Scherz. Wie kann jemand so gestört sein und einem eine Heiden Angst einjagen, nur weil er anscheinend mit seinem Leben unterfordert ist und nicht weiß, was er anstellen soll. Ich bin fassungslos. Susan und Fiona scheinen das allerdings besser zu verdauen als ich. Sie haben sich quasi direkt damit abgefunden und versuchen die Stimmung mit ein paar Witzen über solch armselige Geschöpfe aufzuheitern. Aber zum Lachen ist mir noch nicht zu mute. Ich muss das alles erst einmal sacken lassen.

Nachdem ich mich nach und nach wieder beruhigt habe, konnten wir den Abend und den Sonntag noch recht gut genießen. Irgendwann begann Fiona damit, noch weitere Details für die Hochzeit ausarbeiten zu wollen. Es waren nur noch Kleinigkeiten, wie die Gastgeschenke, die Art der Blumengestecke und der Schmuck. Als am Sonntagnachmittag die Meldung kam, dass es sich anscheinend wirklich nur um einen sehr makabren Streich gehandelt hat und wir die Entwarnung bekamen, fuhren wir wieder nach Hause. Fiona setzte ihren Urlaub fort, denn sie wollte die zweite Woche nicht einfach so verschenken.

Auch die folgenden zwei Wochen tat sich nichts mehr. Wir bekamen nur mitgeteilt, dass ein Verfahren von der Staatsanwaltschaft gegen den jungen Hacker eingeleitet werden sollte. In der Agentur flatterten Unmengen an Aufträgen ein und wir kamen kaum noch mit der Bearbeitung hinterher. Ich hätte nie gedacht, dass es einmal so stressig werden könnte, doch ich musste mich regelrecht überschlagen, um alles unter einen Hut zu bekommen. Die Alpträume sind zum Glück nicht wieder gekehrt und ich konnte zumindest nachts ein wenig Energie tanken, wenn Dylan mich nicht vom Schlafen abgehalten hat. Wobei ich ehrlich gesagt nichts gegen diese Art des Schlafentzugs habe. Der Heißhunger auf diesen wundervollen Mann scheint nicht abzureißen.

Morgen ist Donnerstag und Susan und ich haben einen Termin in Köln. Wir müssen uns vor Ort mit dem Videoproduzenten treffen. Dylan hat uns einen Wagen für den Tag angemietet. Zum Glück hat Susan einen Führerschein, sonst müssten wir wahrscheinlich mit dem Zug anreisen. Ich bin schon richtig aufgeregt. Bisher habe ich noch nie ein Studio von innen gesehen. Ich bereite alle Unterlagen für morgen früh vor, damit wir nur noch in den Wagen springen müssen und los können. Wir wurden direkt für acht Uhr dorthin bestellt, also müssen wir etwa eine halbe Stunde vorher dort sein. Kurz vor Feierabend kommt Susan auf mich zu.

»Du, wegen morgen. Wir fahren gemeinsam hin, ich kann aber erst eine halbe Stunde später zu dem Treffen kommen. Mich hat gerade der Fotograf angerufen. Er hat noch ein paar Fragen, die er gerne geklärt haben mag. Ich treffe mich in der Nähe schnell mit ihm und komme dann sofort nach. Es wird wirklich maximal eine halbe Stunde später sein«, sagt Susan entschuldigend.

»Oh. Ja, das sollte kein Problem sein. Ich bekomme das schon irgendwie hin. Vielleicht können wir ja auch eine halbe Stunde später beginnen und auf dich warten.

Kapitel 19

Es ist noch nicht ganz sieben Uhr, als Susan den Wagen startet. Dylan hat mir heute früh viel Erfolg gewünscht und mir noch einen heißen Tee eingepackt. Er kann ja so süß sein.

»Also, ich werde ihm sagen, dass du dich ein wenig verspäten wirst und fragen, ob wir die wichtigsten Dinge etwas später abklären können«, hake ich nach.

»Ja genau. Das Unwichtige oder was meinen Arbeitsbereich nicht betrifft, könnt ihr schon im Vorfeld klären. Ich kann dich sogar direkt bis zum Treffpunkt fahren und den Wagen dort abstellen. Das Café, in welchem ich mich mit dem Fotografen treffen werde, ist nur fünf Minuten zu Fuß entfernt«, sagt meine Kollegin.

Unterwegs stehen wir zigmal in einem Stau und ich befürchte, dass wir zu spät kommen werden.

»Mach dir keine Sorgen. Das passt zeitlich. Wir sind ja extra eher los gefahren«, beschwichtigt sie meinen Unmut.

Und sie behält Recht. Als wir ankommen ist es kurz vor acht. Sie verabschiedet sich schnell von mir und hastet in die entgegengesetzte Richtung los. Ich sehe mich suchend auf dem großen Gelände um. Weit und breit kann ich niemanden entdecken. Ist Susan sich sicher, dass ich hier richtig bin? Doch nach etwa fünf Minuten kommt eilig ein Mann auf mich zu. Er sieht recht gut aus. Hat ein gepflegtes Äußeres, keinen Bart, einen modernen Kurzhaarschnitt. Sein Kleidungsstil ist sehr leger und passt perfekt zu seiner Haltung und Ausstrahlung. Mit großen Schritten kommt er auf mich zu und reicht mir zur Begrüßung die Hand.

»Frau Felter? Guten Morgen, ich bin Sascha. Sascha Hakol.«

Beim Sprechen verzieht sich sein Mund zu einem breiten Grinsen. Ich erwidere seine Geste.

»Guten Morgen. Es reicht, wenn Sie mich Zoe nennen«, sage ich.

Er nickt mir zu.

»Gut Zoe, dann kommen Sie. Wir können direkt mit der Besprechung beginnen«, meint er, als er mir eine große, schwere Eingangstür aufhält.

Während ich ihm erkläre, dass meine Kollegin sich um ein paar Minuten verspäten wird, gehe ich hinein. Wow, ist das hier groß. Ich glaube ohne Hilfe von Sascha würd ich mich hier glatt verlaufen. Es macht von außen eher einen mickrigen Eindruck. Hier führen fünf Gänge in jeweils andere Richtungen.

»Das ist kein Problem. Ich werde sie dann abholen, sobald sie eintrifft. Kommen Sie, wir müssen hier nach links, da ist auch gleich schon das Büro.«

Während ich mich staunend umsehe, treffen wir auch schon an einem kleinen Raum ein.

»Möchten Sie etwas trinken, Zoe?«

Aus Höflichkeit nicke ich und frage, ob er ein Wasser da hat.

»Ja, aber nur noch eines mit Limetten Geschmack.«

Ich nehme es dankend an und er verschwindet in einer kleinen Nische, wo sich anscheinend ein Kühlschrank und Gläser befinden. Kurz darauf kommt er mit dem gefüllten Glas zu mir und setzt sich. Bevor ich es auf dem Tisch abstelle, nippe ich kurz daran. Es ist recht lecker. Ein wenig bitter, aber ich denke ich könnte mich daran gewöhnen.

»Warten Sie einen Augenblick, ich muss eben etwas in meinem Ordner Suchen. Ich habe mir einige Fragen zu dem Dreh notiert«, entschuldigt er sich.

Er dreht sich zu dem Schrank hinter sich und ich sehe mich während der Zeit in dem Raum um. Direkt gerade aus ist nur ein ganz kleines Fenster eingebaut. Es wirkt eher wie Lüftungsschlitze. Ich kann mir vorstellen, dass es sich im Sommer sehr schlecht abkühlen lässt. An den Wänden hängen ein paar Postkarten aus fremden Ländern. Die sind bestimmt von seinen Angehörigen oder Freunden. Ich wusste gar nicht, dass man sich heutzutage überhaupt noch Postkarten schreibt. Sein Schreibtisch scheint das reinste Chaos zu sein. Diverse Zettel liegen kreuz und quer verteilt. Auf jedem sind Textpassagen mit unterschiedlich farbigen Textmarker gekennzeichnet worden.

Anscheinend ist er mit genau so viel Arbeit überhäuft, wie wir in den letzten Wochen. Er selber steht vor einem großen Schrank, welcher sich über die gesamte

Höhe der Wand erstreckt und kramt in verschiedenen Ordnern. Mir soll es nur Recht sein, wenn er noch ein wenig Zeit braucht. So können wir dann gemeinsam mit Susan beginnen. Auf seinem Schreibtisch stehen ein Laptop und ein Telefon. Dadurch, dass es hier keine Fenster gibt, erhellt eine Lampe mit sehr gelblichen Licht den Raum. Wenn ich hier den ganzen Tag sitzen müsste, würden Kopfschmerzen mein Dauerzustand sein.

»Entschuldigen Sie bitte. Normal bin ich besser vorbereitet und lege mir schon am Vortag die Unterlagen raus. Doch gestern waren wir bis in die Nacht mit einem anderen Projekt beschäftigt und ich war zu erschlagen«

Er wirkt peinlich berührt.

»Macht nichts. Ich kenne dieses Problem selber zu genüge«, grinse ich.

Oh ja. Ich kenne es tatsächlich. Wie oft habe ich bis in die Nacht schon über die Arbeit gebrütet. Allerdings konnte ich das zu Hause erledigen. Als ich auf die Uhr sehe, bemerke ich, dass es schon zwanzig Minuten her ist, als Susan sich von mir verabschiedet hat. Ich schiebe mir die Ärmel von meinem Pullover ein wenig höher, denn irgendwie scheint es immer wärmer hier drin zu werden. Wahrscheinlich ist er eine kleine Frostbeule und hat die Heizung auf die höchste Stufe gestellt. Ich nehme einen großen Schluck meines Getränkes, als er wieder zu sprechen beginnt.

»Ah. Da sind sie ja endlich«, gluckst er und schlägt den Ordner zu.

Der Sunnyboy setzt sich mir breit grinsend gegenüber.

»Ist ihre Kollegin schon vor dem Eingang?«, fragt er mich.

Rasch sehe ich auf mein Handy.

»Nein, bisher hat sie sich noch nicht gemeldet. Wir können aber schon mit den Dingen beginnen, welche ich alleine bearbeite.«

Er nickt.

»Gut, dann schauen wir einmal.«

Gemächlich blättert er durch den Ordner, als mir ein wenig schwindelig wird. Ich fasse mit meiner Hand an meine Stirn, um zu versuchen dagegen anzuatmen. Diese blöde Schwangerschaft. Immer kommen die Begleiterscheinungen zu den ungünstigsten Momenten.

»Ist Ihnen nicht gut?«, fragt er mich mit besorgtem Gesichtsausdruck.

»Nein. Nein, alles in Ordnung. Mir ist nur ein wenig schwindelig«, erwidere ich.

Sein Blick huscht zu dem Glas und ich kann ein seichtes, hinterlistiges Grinsen erkennen. Es ist kaum vorhanden, dennoch bemerke ich es. Mein gesamter Körper beginnt zu kribbeln und ich habe das Gefühl, als würde alles irgendwie taub werden. Ist etwas mit meinem Baby nicht in Ordnung? Mein Herz scheint zu rasen und das aufsteigende Adrenalin macht meinem Kreislauf noch mehr zu schaffen. Ich merke, wie sich mein Blickfeld immer mehr verdunkelt. Mit einer Hand halte ich mich an der Tischkante fest, während ich die andere auf meinen Bauch presse.

»Mein Baby ...«, wispere ich, bevor ich spüre, dass ich zur Seite kippe und direkt von zwei starken Armen aufgefangen werde.

»Scheiße!«, höre ich Sascha laut und aufgebracht fluchen.

»Wieso wurde mir nicht gesagt, dass die schwanger ist. Scheiße verdammt!«

Und dann wird alles gänzlich schwarz um mich.

Meine Augen sind geschlossen, aber ich sitze. Ich versuche meine Lider zu öffnen, doch sie wollen mir nicht gehorchen. Es fühlt sich alles so schwerfällig an. Mein Kopf kippt immer wieder nach vorn, auch wenn ich mich noch so sehr anstrenge ihn ein wenig zu heben. Irgendetwas Hartes drückt gegen meine Schulterblätter, während sich meine Hände hinter mir befinden. Ich möchte mir mit einer Hand über mein Gesicht fahren und spüre, dass sie zusammen gebunden sind. Wie von Zauberhand springen meine Augen auf und ich beginne hastig zu atmen.

Mir dreht sich der Magen um und ich fühle, wie sich die Magensäure ihren Weg nach oben bahnt. Dieser säuerliche Geschmack brennt in meiner Kehle und ich versuche dagegen an zu schlucken. Schnell bekomme ich Panik als ich merke, dass ich an einem Stuhl gefesselt bin. Hier ist es düster, aber dennoch scheint von weiter Weg ein wenig Licht herein, so dass ich sehen kann, dass ich in einer Art Keller sein muss. *Mein Baby! Was ist mit meinem Baby?*, schießt es mir in den Sinn. Ungewollt fange ich an zu schluchzen und zu wimmern. Die

Geräusche hallen so laut in diesem Gemäuer wieder, dass sofort eine Tür komplett aufliegt und ein grelles Licht eingeschaltet wird.

Es blendet mich so sehr, dass sich ein Stechen durch mich hindurch zieht. Ich muss meine Augen zusammen kneifen, damit sie sich langsam an die Helligkeit gewöhnen. Doch mit dem was ich dann erblicke, hätte ich nicht gerechnet. Mir stockt der Atem und ich weiß, dass mein letztes Stündlein geschlagen haben wird. Vor mir steht Melania. Ihre Haare sind dermaßen fettig und zerzaust, dass sie es gerade noch geschafft hat, sie im Nacken zusammen zu binden. Ihr Gesichtsausdruck gleicht dem einer Wahnsinnigen.

»Da ist ja das kleine Küken!«, kreischt sie mir entgegen, so dass ich derbe zusammen zucke.

Ich versuche mich zu sammeln.

»W-was wi-willst du von m-mir?«, stammle ich mit bebender Stimme.

Sie lacht wie eine Verrückte und kommt blitzschnell auf mich zugestürmt. Ihre Nase ist nur noch wenige Zentimeter von meiner Entfernt. Mein Gott, stinkt sie. Als wäre sie Wochen nicht duschen gegangen. Ist das tatsächlich Melania?

»Von dir will ich eigentlich nur eines. Dass du endlich von der Bildfläche verschwindest. Wenn ich ihn nicht haben kann, bekommt ihn keine!«, schreit sie mich an.

Noch im Selben Moment spüre ich, wie ihre Faust in meinem Gesicht landet. Mein Kopf fliegt zur Seite und ich jaule schmerzerfüllt auf. Als die Benommenheit vom Schlag ein wenig nachlässt, beginnen mir Tränen über die Wangen zu laufen. *Ich muss hier raus. Ich muss hier raus,* sag ich mir immer wieder, wie ein Mantra. Wie wild zerre ich an den Fesseln, doch sie schneiden mir nur immer tiefer in das Fleisch. Aber diese Schmerzen sind auszuhalten. Als Melania mitbekommt was ich versuche, fange ich mir den nächsten Schlag ein. *Warum hat sie mich denn nicht direkt umgebracht?*

»Lass mich gehen, dann kannst du ihn haben. Ich gehe von hier weg«, flehe ich sie an.

Ihr Lachen lässt mich in Mark und Bein erschaudern.

»Ja sicher doch. Und der kleine Bastard in dir wird euch bei der Trennung natürlich helfen! Keine Angst, ich werde das diesmal beenden und mir wird kein Fehler unterlaufen.«

Mit einer Hand zieht sie meinen Kopf an den Haaren zurück und schlägt mir erneut mit der flachen Hand ins Gesicht. Ich fühle, wie meine Lippe aufplatzt und schmecke Blut in meinem Mund. Sie dreht sich auf dem Absatz um und verlässt den Raum. Die Schläge haben mir sehr zugesetzt, doch das Adrenalin in mir und der Überlebenswille sind stärker als die Paralyse, in welche ich sonst bei Panik verfalle. Vor allem habe ich Angst um mein Baby. Doch ich weiß nicht, wie ich hier raus kommen soll. Ich kann mich kaum bewegen, aber ich muss jetzt handeln. Sofort. Mit meinen Armen und Beinen versuche ich an den Fesseln zu zerren, aber sie lockern sich nicht im Geringsten.

Oh Gott. Bitte hilf mir, denke ich mit zusammen gekniffenen Augen, bevor ich mich mit voller Wucht auf die Seite schmeiße. Ich kann ein leises Knacken unter dem Gepolter hören und strample so sehr es geht mit meinen Füßen. Auch meine Arme reiße ich immer wieder nach vorne. Der nächste Tritt geht endlich ins Leere und mit einem weiteren Knacken sind auch meine Arme endlich vom Holz befreit. Auf dem Boden liegend winde ich mich so lange hin und her, bis ich meinen Hintern durch meine Arme hindurch zwängen kann. Mit meinen Zähnen versuche ich den Knoten zu lösen, aber er ist zu stramm gezurrt. Von weiter weg kann ich eilige Schritte hören.

»Lass sie noch nicht wieder kommen. Bitte«, flehe ich mit krächzender Stimme.

Doch meine Gebete werden nicht erhört und sie betritt den Raum. Das Blut rast durch meine Adern und es fühlt sich an, als würde Sand durch sie fließen. Meine Kehle ist komplett zugeschnürt und das wohl bekannte Brennen macht sich in meiner Lunge breit. Mit eiligen Schritten kommt sie näher und ich kann in ihrer rechten Hand etwas aufblitzen sehen. *Nein!*, schreit alles in mir. Sie hat ein Messer in der Hand.

»Kannst du nicht ein Mal Ruhe geben, du dreckiges Stück Scheiße?!«, keift sie.

Schwungvoll holt sie aus und will auf mich einstechen. Mit meinen zusammen gebundenen Händen versuche ich das Messer soweit es geht von mir fern zu halten. Ihre Hand bricht zur Seite weg und die Klinge gleitet mir durch den linken Oberarm.

»Ah!«, schreie ich schmerzerfüllt auf.

Doch Melania scheint nicht zu stoppen zu sein. Sofort stürzt sie sich wieder auf mich und versucht mit dem Messer auf mich einzustechen. Sie erwischt mich erneut, diesmal an meinem Bein. Der Schmerz durchströmt mich und ich bin kurz davor, zu Boden zu fallen. Sie ist in diesem Moment wie eine wilde Bestie im Blutrausch und macht sich schon bereit für ihre nächste Attacke. Diesmal bekomme ich mit beiden Händen ihre zu fassen und wir drehen uns ein paar Mal schwungvoll im Kreis, bis wir mit dem Messer zwischen uns zu Boden fallen und sie direkt auf mir landet.

Ein Dumpfer Schmerz entsteht in meiner Magengegend und ich sehe, wie sich ihre Augen weiten und sie mich finster angrinst. Ich fühle wie eine heiße Flüssigkeit über mich hinweg fließt. Dann kippt Melania zur Seite weg und ich kann mich von ihrem Körper befreien. Blut. Da ist überall Blut. Hastig und mit bebenden Händen taste ich mich ab. Nichts. Da ist nichts. Das War nur der Messergriff, welcher in meinen Bauch gedrückt wurde. Panisch schaue ich zu Melania hinüber. Das Messer steckt noch tief in ihrer Brust und sie Hustet.

»Nein! Nein! Du wirst jetzt hier nicht verrecken!«, schreie ich verzweifelt und voller Hass.

»Handy. Ich brauche ein Handy«, stammle ich vor mich hin, während ich meine und dann ihre Hosentaschen abtaste.

Es dauert kurz, bis ich in ihren dann ein Mobiltelefon finde. Ich muss die Polizei anrufen, doch ich weiß nicht wo wir hier sind. Ich wähle also die rettenden Zahlen.

»H-hallo, Hilfe. Ich ... wo ... sind«, schluchze ich so laut in das Telefon, dass mich niemand verstehen kann.

»Ich kann Sie leider nicht verstehen. Bitte beruhigen Sie sich. Sagen Sie mir ganz in Ruhe, was passiert ist und wer Sie sind«, ertönt eine einfühlsame Stimme auf der anderen Seite.

Doch ich steigere mich immer weiter hinein, als mein Blick wieder zu Melania fällt.

»Zoe F-felter«, bekomme ich so eben heraus und dann fange ich wieder an zu hicksen und zu schluchzen.

»Sind Sie gerade in Sicherheit?«

»Ja, nein. I-ich weiß n-nicht.«

»Dann bleiben Sie bitte, wo Sie sind. Ich schicke Ihnen einen Wagen vorbei.«

Hastig rufe ich im Büro an, weil ich Dylans Nummer nicht auswendig kenne.

»Harper!«, ertönt eine besorgte Stimme.

Als er mein Wimmern hört prescht er raus: »Wo bist du?«

Doch auch jetzt kann ich mich nicht fangen und gebe nur wirres Zeug von mir.

»Melania ... geschlagen ... und dann ein Messer.«

»Ich komme!«, höre ich nur noch, bevor er die Leitung unterbricht.

Aber woher will er wissen, wo ich bin und woher weiß die Polizei, wo sie hinfahren muss? Mein Blick schweift wieder zu Melania ab, welche noch immer am

Boden liegt und vor sich hin röchelt. Das ist so dermaßen viel Blut. Und dann ist es plötzlich still. Es ist rein
gar nichts mehr, bis auf mein Japsen zu hören. Ich sinke
auf meine Knie und beginne wie automatisch vor und
zurück zu wippen. Meine Hände streichen unentwegt
über meinen Bauch.

»Mein Baby. Mein Baby«, wiederhole ich immer
wieder.

Ich habe panische Angst, dass ihm etwas passiert
sein könnte. Bis auf dieses nagende Gefühl spüre ich
nichts. Alles ist wie taub und abgestorben. Um mich
herum scheint die Welt still zu stehen. Rechts und links
greifen Hände nach meinen Armen und versuchen
mich hochzuziehen. Vor Schreck beginne ich zu
schreien, bis jegliche Luft aus mir gewichen ist. Ich will
um mich schlagen, doch meine Hände sind noch gefesselt und ich treffe nicht. Der Schlag geht ins Leere und
ich schwanke leicht. Kaum dass ich mich versehe, werde
ich kräftig umklammert. In meinen Ohren hallt die
sanfte Stimme von Dylan wieder.

»Scht. Es ist alles gut, mein Schatz.«

Bei mir brechen alle Dämme und mir rinnen erneut
die Tränen hinab. Ich strecke meine Hände nach vorne,
in der Hoffnung endlich von dem Seil befreit zu werden. Dylan hebt mit hoch und eilt mit mir zu einem der
Polizisten. Er schneidet sie mir direkt durch und wirft
einen flüchtigen Blick auf meine Verletzungen.

»Der Krankenwagen ist bereits angefordert. Er
müsste gleich eintreffen«, sagt er und deutet auf eine
Tür.

Gerade als wir hinaus treten, trifft auch schon der Rettungswagen ein und einer der Sanitäter springt mit einer Tasche in der Hand hinaus. Er rattert eine Litanei an Fragen runter, welche ich nur verzögert verstehe.

»Wo haben Sie Schmerzen? Ist das Ihr Blut? Haben Sie einen Stich oder eine Schussverletzung?«

Ich bin jedoch nur in der Lage zu nicken oder meinen Kopf zu schütteln. Immer noch halte ich meinen Bauch umklammert. Der Sanitäter versucht meinen Griff zu lockern, um mich zu begutachten.

»Sind Sie dort verletzt?«

»Mein Baby«, stoße ich aus und verfalle direkt ins Schluchzen.

Da ich nicht in der Lage bin mich zu artikulieren, bittet der Sanitäter Dylan, mich in den Krankenwagen zu bringen, um mich dort genau zu untersuchen. Ein grelles Licht blendet mich und dann höre ich, wie jemand etwas ruft.

»Verschwinde von hier, du Presseheini!«

Überall sehe ich nun das Blaulicht der Einsatzwagen, welches stets aufleuchtet. Um mich herum stehen viele Bäume. Mehr erkenne ich nicht, als wir auf dem Weg in den Wagen sind. Ich werde auf die Bare gelegt und spüre, dass mich der Sanitäter abtastet. Er legt mir einen Venenzugang, um mir einen Tropf anzuschließen. Noch während mir an meinem Arm und Bein ein Verband angelegt wird merke ich, wie der Wagen sich in Bewegung setzt und wir über eine unbefestigte Straße dahin rollen.

Die ganze Zeit über klammere ich mich an Dylans Hand fest, aus Angst er könnte jeden Moment wieder verschwinden. Ich zweifle sogar daran, ob ich wirklich gerettet wurde oder, ob ich mir das alles nur einbilde. Aber es kann auch alles nur ein Alptraum sein, aus welchem ich jeden Augenblick aufwachen werde. Jetzt gleich. Jeden Moment schellt mit Sicherheit mein Wecker und ich werde wach. Doch nichts dergleichen geschieht.

»Alles ist gut, du bist nun in Sicherheit«, haucht Dylan mir zu.

Meine Atmung beruhigt sich allmählich ein wenig. Ich habe keine Kraft mehr und dämmere noch während der Fahrt weg.

Kapitel 20

Um mich herum ist alles schwarz. Und mein Kopf dröhnt. Es ist schon eine Ewigkeit her, dass ich solch einen Kopfschmerz gespürt habe. Ich sollte dringend eine Tablette nehmen. Der Traum hat mich ganz schön geschafft. Ich taste um mich herum, doch etwas stimmt nicht. Ich habe doch nicht so ein schmales Bett. Ich kämpfe gegen die Trägheit meiner Lider an und beginne zu blinzeln. Gedämpftes Licht erreicht mich.

Es dauert einen Moment, doch dann sehe ich, dass ich in einem Krankenhauszimmer liege. Neben meinem Bett steht ein Stuhl, auf welchen Dylan sitzt und eingeschlafen zu sein scheint. War das alles doch kein Traum? Ich blicke auf meinen Arm und erspähe einen dicken, weißen Verband. Gerade als ich mich aufrichten will, geht die Zimmertür auf und mein Vater tritt hinein.

»Hey, da bist du ja endlich wieder«, sagt er erleichtert.

Durch die Geräusche wacht auch Dylan wieder auf und gibt mir direkt einen dicken Kuss auf meinen Scheitel.

»Wir haben uns solche Sorgen um dich gemacht.«

Doch über die Freude, die beiden hier bei mir zu haben, lässt mich eine quälende Frage nicht mehr los.

Ängstlich blicke ich an mir herab und atme ein, um sie zu stellen. Doch Dylan ist schneller als ich.

»Unserem Baby geht es gut.«

Erleichtert sinkt mein Kopf zurück in das Kissen.

Nach zwei weiteren Tagen, in denen mir niemand Genaues sagen wollte, wurde ich endlich entlassen. Das Einzige was man mir berichtete war, dass ich zwei Tage ohne Bewusstsein im Krankenhaus gelegen habe und dass ich an Arm und Bein tiefe Schnittwunden davon getragen habe, welche genäht wurden. Dylan war der Meinung, dass man mich nicht direkt mit allem über-fordern sollte und ich das sacken lassen müsste. Immer wieder hatte ich die Bilder von Melania vor Augen, wie sie blutend und nach Luft ringend vor mir lag. Es war schrecklich. Doch es blitzten auch die Bilder auf, wie sie mit dem Messer auf mich los stürmte.

Die Polizei kam allerdings noch am selbigen Tag bei uns vorbei und befragte mich. Dylan war ein paar Mal kurz davor sie raus zu werfen, weil er der Meinung war, es wäre zu viel für mich. Doch ich wollte das alles nur so schnell es geht hinter mich bringen. Die grauenhaften Szenen sollten alsbald verschwinden und nie wieder auf-tauchen. Ich musste meinem Verlobten versprechen, umgehend mit einer Therapie zu beginnen. Er hat ein-fach nicht locker gelassen. Aber ich muss sagen, das war genau das Richtige für mich und ich liebe ihn dafür umso mehr.

Im Nachhinein stellte sich heraus, dass Melania auch diesen Hacker engagiert hatte. Der komische Fritze vom Filmstudio war dort auch ein Unbekannter, doch man konnte ihn ausfindig machen. Dylan hat den ursprünglichen Hochzeitstermin verschoben. Erst wollte er, dass wir nach der Geburt heiraten, doch damit war ich nicht einverstanden.

Und nun stehe ich hier heute, am 20. Juli, einem wundervollen, sonnigen Freitag, in meinem Zimmer auf dem Anwesen von Dylans Eltern. Fiona und Susan versuchen mich in mein weißes Kleid zu bekommen, doch die schon mächtige Kugel vor mir macht das alles nicht leichter. Ich habe mich nachträglich für ein traumhaftes Kleid entschlossen, welches nur an der Brust eng sitzt.

Es hat einen Träger, der quer über die Schulter und den Rücken verläuft. Unter der Brust ist eine süße Schleife, die seitlich sitzt. Das Kleid selbst fällt luftig bis zum Boden und ist sehr leicht, da es nur aus zwei dünnen Lagen besteht. Es gleicht vom Tragegefühl einem Strandkleid. Allerdings ein sehr elegantes. Im gesamten Haus hört man es poltern. Erst rennt einer von rechts nach links, dann jagt ein anderer die Treppen hinauf. Als Susan und Fiona mit mir fertig sind, stehe ich vor dem Spiegel und mir kommen fast die Tränen.

»Nein!«, kreischen beide im Chor und dann führt Fiona fort.

»Nicht heulen, sonst ist die Schminke sofort hin.

Ich muss über die beiden Hühner lachen. Sie selber stehen in eleganten, zart violetten Kleidern vor mir und fuchteln aufgebracht mit den Armen. Unruhig schaut

Fiona immer wieder aus dem Zimmerfenster, bis sie freudig in die Hände klatscht.

»Zukünftige Schwägerin, wollen wir?«, fragt sie strahlend und deutet an, dass die Zeremonie gleich beginnen wird.

Die beiden bringen mich bis zu der großen Terrassentür und übergeben mich an meinen Vater, um sich schnell auf den Weg nach draußen zu machen.

»Wie wundervoll du aussiehst. Ich bin so stolz auf dich, meine kleine Prinzessin«, flüstert er, als er mich in seine Arme schließt.

»Bist du bereit?«

Ich hauche ihm ein zaghaftes *Ja* zu, bevor ich mich bei ihm unterhake.

Zu den sanften Klängen eines Pianos, schreite ich an der Seite meines Vaters den Gang zwischen den Stuhlreihen hindurch. Unzählige Gäste, welche alle zur Familie gehören, sitzen zu beiden Seiten auf weißen Stühlen. Bei jeder zweiten Reihe ist ein kleines Gesteck in einem prächtigen Weiß und Violett angebracht. Weiße Rosen und violetter Flieder. Geradeaus steht auf einem Tisch, welcher mit einem weißen Tuch bedeckt ist, ein sehr großes Bukett, in den gleichen Farben. Mein Brautstrauß ist fließend gesteckt und gleitet ein Stück an meiner Hand hinab.

Dann verharren meine Augen auf Dylan. Dieser verdammt gutaussehende Typ, der mir seit der ersten Sekunde unseres Kennenlernens den Kopf verdreht hat, mir den Atem geraubt und die Sinne vernebelt hat. Er sieht in seinem anthrazitfarbenen Anzug so verdammt

Männlich und Sexy aus. Wenn ich ihm nicht schon mit Haut und Haar verfallen wäre, dann würde dies spätestens bei seinem jetzigen Anblick geschehen. Er strahlt mir mit seinen tiefblauen Augen entgegen und verfolgt jeden einzelnen meiner Schritte. Zu seiner Rechten steht Micha, welcher in seinem Anzug auch keine schlechte Figur macht. Mit einem freundlichen Grinsen empfängt auch er mich. Zur Linken steht Susan und ist nicht minder begeistert, wie die anderen. Mein Vater reicht Dylan die Hand und dann übergibt er mich meinem zukünftigen Ehemann.

Die Hochzeit ist ein Traum und als wir uns schließlich das Jawort geben, gefolgt von einem vielsagenden Kuss, bricht der Jubel über uns herein. Die Feier geht noch bis tief in die Nacht. Wir beide könnten nicht glücklicher sein.

Am 05. September wurde unser Glück dann vollkommen. Dylan und ich haben einen wundervollen Jungen, Namens Julien zur Welt gebracht. Er ist unser größter und wichtigster Schatz, den wir haben.

Das Leben hat mir gezeigt, dass es doch Märchen gibt, auch wenn der Weg dorthin ein wenig uneben ist.

Ende